Francesc Miralles · Care Santos

Am schönsten auf der Welt
ist es gleich hier

Francesc Miralles
Care Santos

Am schönsten auf der Welt ist es gleich hier

Roman

Aus dem Spanischen
von Maria Hoffmann-Dartevelle

List

Die Originalausgabe erschien 2008
unter dem Titel *El mejor lugar del mundo es aquí
mismo* bei Ediciones Urano, S.A., Barcelona.

List ist ein Verlag
der Ullstein Buchverlage GmbH

ISBN 978-3-471-35133-8

Inhalt

ZWEITER TEIL
Das Ticken des Lebens

Für die stets magische Sandra Bruna

»Vergesst die Gastfreundschaft nicht;
denn durch sie haben einige, ohne es zu
ahnen, Engel beherbergt.«

Brief an die Hebräer 13,2

»Weine nicht, weil etwas zu Ende ist, lächle,
weil es existiert hat.«

Urheber unbekannt

ERSTER TEIL

Die sechs Tische des Zauberers

Unter einem Himmel ohne Träume

An einem Sonntagnachmittag sollte man keine Entscheidungen treffen. Vor allem nicht im Januar, wenn eine graue Decke über der Stadt liegt und alle Träume unter sich erstickt.

Iris hatte allein vor dem Fernseher zu Mittag gegessen und war anschließend aus dem Haus gegangen. Bis zu dem Tag, an dem ihre Eltern bei einem Verkehrsunfall ums Leben gekommen waren, hatte ihr das Singledasein nicht viel ausgemacht. Vielleicht lag es an ihrer hoffnungslosen Schüchternheit, dass sie es mit ihren sechsunddreißig Jahren fast normal fand, dass sich ihre Erfahrungen in der Liebe auf eine unerwiderte platonische Leidenschaft und ein paar folgenlose kurze Affären beschränkten.

Doch seit dem Unfall war alles anders. Es gab nun keine Wochenenden im Familienkreis mehr, die den langweiligen Alltag im Callcenter einer Versicherungsgesellschaft wettmachten. Iris war jetzt allein. Und was am allerschlimmsten war, sie hatte sogar die Fähigkeit zu träumen verloren.

Früher war es Iris gelungen, sich aufregende Abenteuer auszumalen, die ihrem Leben einen Sinn gaben. Zum Beispiel stellte sie sich vor, sie arbeite bei einer NGO, wo ein Mitarbeiter, der ebenso scheu war wie sie, ihr schweigend ewige Liebe schwor. Sie tauschten sich mittels Gedichten aus, geschrieben in einer verschlüsselten Sprache, die nur sie beide zu entziffern vermochten. So zögerten sie den Augenblick hinaus, in dem sie in einer nicht endenden Umarmung miteinander verschmelzen würden.

An diesem Sonntag wurde Iris zum ersten Mal bewusst, dass auch dies zu Ende war. Nachdem sie den Tisch abgeräumt und den Fernseher ausgeschaltet hatte, machte sich in ihrer kleinen Wohnung beklemmende Stille breit. Etwas schnürte ihr die Brust zu, sie öffnete das Fenster und sah zu einem bleiernen Himmel ohne Vögel hinauf.

Sie wollte spazieren gehen, doch als sie unten vor ihrem Haus stand, überkam sie plötzlich das Gefühl, ihr drohe ein Unheil. Sie ging los, ohne bestimmtes Ziel, aber die Ahnung, dass etwas Dunkles versuchte, sie in einen Abgrund zu ziehen, wollte nicht weichen.

Wie jeden Sonntag war das Wohnviertel, in dem Iris lebte, so ausgestorben wie ihre Seele. Ohne zu wissen, warum, steuerte sie auf die Brücke zu, unter der die Vorstadtzüge vorbeifuhren.

Ein scharfer, eisiger Wind wirbelte ihr das Haar auf, als sie in den Graben hinunterschaute, den die Gleise wie glänzende Narben durchfurchten. Sie blickte auf ihre Armbanduhr: fünf Uhr. Bald würde der Zug nach Norden vorbeikommen. Sonntags fuhr er einmal pro Stunde.

Aus Erfahrung wusste sie, dass die Brücke, genau drei Sekunden bevor der Zug auftauchte, zu zittern begann wie bei einem kleinen Erdbeben – Zeit genug, um sich über die Brüstung zu lehnen und sich der Schwerkraft zu überlassen. Ein kurzer Fall, und der Zug würde sie erfassen, noch bevor sie den Boden erreicht hatte.

Es würde sehr schnell gehen. Was war schon ein kurzer Moment des Schmerzes, verglichen mit einem Leben voller Bitterkeit und Enttäuschung?

Nur bei dem Gedanken an all die Dinge, die sie vielleicht verpassen könnte, wurde sie ein wenig traurig. Und aus irgendeinem Grund belastete sie die Vorstellung, den Bahnreisenden Unannehmlichkeiten zu bereiten. Man würde die Zugfahrt für längere Zeit unterbrechen müssen, während ihr lebloser Körper auf die Ankunft des Untersuchungsrichters und des Forensikers wartete. Zum Glück waren sonntags weniger Leute unterwegs als sonst, und die meisten Reisenden hatten es an diesem Tag nicht besonders eilig. Sie würden wegen des Zwischenfalls keinen wichtigen Termin verpassen, immerhin dieser Gedanke tröstete sie.

Dann begann die Brücke zu beben, und Iris merkte, wie sie sich instinktiv mit dem Oberkörper nach vorne beugte. Gerade wollte sie die Augen schließen und sich fallen lassen, da hörte sie einen lauten Knall hinter sich.

Atemlos vor Schreck drehte sie sich um. Vor ihr stand ein kleiner Junge, kaum älter als sechs, der die Überreste eines Luftballons in der Hand hielt. Offensichtlich hatte er ihn platzen lassen, um sich einen Spaß zu machen. Der Knirps lachte auf, drehte sich um und rannte davon.

Während Iris ihm nachblickte, spürte sie, wie ihr im Nacken und auf den Handflächen kalter Schweiß ausbrach. Sie wäre ihm gern hinterhergelaufen, aber nicht um ihn auszuschimpfen, sondern um ihn zu umarmen. Er hatte ihr soeben das Leben gerettet.

Noch bevor sie ihn erreicht hatte, tauchte an der Straßenecke eine dicke Frau mit hochroten Wangen auf.

»Ángel!«, rief sie.

Hastig klammerte sich der Junge an seine Mutter und schaute sich ängstlich nach Iris um, als fürchtete er, sie werde ihn verpetzen.

Aber daran dachte Iris nicht im Traum. Sie weinte nur und konnte gar nicht mehr aufhören. Erst jetzt wurde ihr wirklich bewusst, was sie um ein Haar getan hätte.

Als sich der Tränenschleier vor ihren Augen lichtete, fiel ihr Blick auf ein Café, das sie an dieser Straßenecke vorher noch nie bemerkt hatte, obwohl sie oft hier vorbeikam.

»Das muss ganz neu sein«, dachte sie. Das Lokal machte allerdings eher den gegenteiligen Eindruck.

Man hätte es für eine jener irischen Kneipen halten können, die fast alle gleich aussehen, hätte es nicht etwas ganz Eigenes, Besonderes ausgestrahlt. Drinnen beleuchteten zwei gelbliche Lampen mehrere rustikale Tische, an denen für einen Sonntagnachmittag überraschend viele Leute saßen.

Am auffälligsten aber fand Iris das flackernde Schild

über dem Eingang, das ihr zuzublinzeln schien, ganz als wollte es sie auf sich aufmerksam machen. Sie hielt inne und las:

AM SCHÖNSTEN AUF DER WELT IST ES GLEICH HIER

Wolken, die vorüberziehen

Für ein Café war das ein sehr langer und höchst merkwürdiger Name. Vielleicht lag es gerade an diesem Namen, dass Iris – von Natur aus ein neugieriger Mensch – Lust bekam hineinzugehen. Beim Betreten des Cafés fiel ihr auf, dass keiner der Gäste sich nach ihr umdrehte, ja, dass kein einziger ihre Gegenwart zu bemerken schien.

Nur ein alter Mann mit vollem weißem Haar, der hinter der Theke stand, begrüßte sie mit einem Lächeln, dem universellen Willkommensgruß.

Fünf der sechs Tische waren von Paaren oder Gruppen besetzt, die sich so leise unterhielten, dass so gut wie nichts von dem, was sie sagten, zu hören war.

Da Iris in den Straßen ihres Viertels eigentlich immer wieder denselben Gesichtern begegnete, wunderte sie sich, dass sie keinen Gast kannte. Gerade lief ein alter Beatles-Song:

*»And in the end, the love you take is equal to the love you make …«**

Iris blieb stehen und hörte sich das Stück eine Weile an. Als junges Mädchen hatte sie dieses Lied sehr gemocht und verband noch immer viele angenehme Erinnerungen damit. Sie wollte sich gerade umdrehen und das Lokal wieder verlassen, da sah sie, wie der weißhaarige Mann hinter der Theke sie mit einer Handbewegung aufforderte, sich an den einzigen noch freien Tisch zu setzen.

Iris traute sich nicht, die Einladung abzulehnen. Auch fühlte sie sich gewissermaßen verpflichtet, etwas zu konsumieren, nachdem sie sich die Musik angehört hatte. Also nahm sie gehorsam Platz und bestellte eine heiße Schokolade.

Auf das dynamische Beatles-Stück folgte Leonard Cohens langsame Ballade *I'm your man*.

Iris trank den ersten Schluck von ihrer heißen Schokolade und fühlte sich plötzlich wohl. Irgendwie kam es ihr vor, als nähmen die anderen Gäste sie in ihre Mitte auf.

Sie schloss die Augen und übersetzte sich im Geist den Song des Liedermachers Leonard Cohen, der, wie sie in irgendeiner Zeitschrift gelesen hatte, als Koch in einem Zen-Tempel gearbeitet hatte, bevor er auf die Bühne zurückgekehrt war. Der Text seiner Ballade lautete in etwa:

---

* Und schließlich ist die Liebe, die du bekommst, so groß wie die Liebe, die du schenkst …

Wenn du einen Arzt willst, untersuche ich dich Zoll für Zoll. Wenn du einen Chauffeur willst, steig bei mir ein. Oder wenn du mich auf eine Fahrt mitnehmen willst, weißt du, dass du es kannst, denn …

»… ich bin dein Mann.«

Erschrocken riss Iris die Augen auf.

Sie glaubte, sie hätte die tiefe Männerstimme nur im Geiste gehört, aber tatsächlich saß ihr genau gegenüber – an ihrem Tisch – ein Mann. Das Kinn auf den Handrücken gestützt, betrachtete er sie neugierig. Er schien in ihrem Alter zu sein, hatte aber bereits angegrautes Haar, das ihn trotz seiner glatten Haut älter wirken ließ.

»Eigentlich müsste ich ihn auffordern, sofort zu gehen«, dachte Iris. Schließlich verlangten die Grundregeln der Höflichkeit, dass man in einem Lokal – auch in einem vollbesetzten – erst um Erlaubnis bat, bevor man sich zu jemandem an den Tisch setzte. Eine Frage konnte sie sich allerdings nicht verkneifen:

»Wie hast du erraten …?«

»… dass du gerade dabei warst, das Lied zu übersetzen?«, ergänzte der Fremde ihre Frage mit derselben Stimme, die sie soeben mit geschlossenen Augen gehört hatte. »In diesem Café und an diesem Tisch ist das normal.«

Sekundenlang wusste Iris nicht, was sie darauf antworten sollte.

»Was meinst du damit?«, fragte sie schließlich. Und bereute im selben Augenblick, dass sie den Mann sofort geduzt hatte. Aber irgendwie flößte er ihr Vertrauen ein. Er kam ihr gar nicht vor wie ein Fremder.

»Wir sind hier an einem besonderen Ort«, sagte er und wies zur Theke. »Der Besitzer dieses Cafés ist nicht irgendwer.«

Schweigend wartete Iris auf nähere Erklärungen.

»Er ist ein Zauberkünstler«, fuhr er noch leiser fort. »Einer der besten. Und außerdem ist er ein Mann von Welt. Er war sehr erfolgreich, hat sich aber vor ein paar Jahren zurückgezogen.«

»Ein Zauberer?«, fragte Iris.

»Ganz richtig, ein Magier. Ein Zauberkünstler der alten Schule. Er war es, der dir den Kakao serviert hat.«

Instinktiv blickte Iris zur Bar, wo ihr der weißhaarige Mann zunickte und wie beipflichtend lächelte. Sie beobachtete ihn etwas genauer. Er war gerade damit beschäftigt, mehrere Reihen Gläser zu trocknen. Und tatsächlich hatte er etwas Ungewöhnliches an sich, das sogar bei einer so banalen Tätigkeit wie dem Gläsertrocknen ins Auge stach. Auch fand Iris, dass er sich gar nicht wie ein älterer Mann bewegte, sein Körper schien sich die Vitalität der Jugendjahre bewahrt zu haben. Er strahlte etwas Vornehmes und zugleich Dekadentes aus, wie Galane auf alten Fotografien.

Der junge Mann fuhr mit seinen Erklärungen fort.

»So wie der Besitzer ist auch dieses Café etwas Besonderes. Jeder Tisch verfügt über eine ungewöhnliche Eigenschaft.«

»Was für eine Eigenschaft?«

»Sagen wir, alle besitzen eine Art Magie.«

Iris war sich sicher, dass der Fremde sie veralbern wollte, so wie Erwachsene es gern mit Kindern tun. Plötzlich fiel ihr auf, dass er an einem Daumen einen

Ring trug. In ihrem ganzen Leben hatte sie nur einen Menschen gekannt, der Ringe an diesem Finger trug: ihren Vater. Es war seltsam, aber auch aus diesem Grund fühlte sie sich sehr wohl in der Gesellschaft des Fremden. Mehr noch, sie hatte geradezu Lust, von diesem Mann, der mit einem leichten ausländischen Akzent sprach, auf den Arm genommen zu werden.

»Ach ja?«, sagte sie. »Und worin besteht die Magie des Tisches, an dem wir sitzen?«

»Wer hier sitzt, wo ich sitze, kann die Gedanken desjenigen lesen, der auf deinem Platz sitzt. Deshalb konnte ich auch wissen, dass du gerade dabei warst, das Lied von Leonard Cohen zu übersetzen.«

»Unsinn«, entgegnete Iris selbstbewusst, was ganz untypisch für sie war. »Bestimmt hast du mir an den Lippen abgelesen, dass ich es leise mitgesungen habe, und spielst jetzt den Schlaumeier.«

»Brauchst du noch mehr Beweise?«, erwiderte ihr Tischgenosse amüsiert, während er sich gegen die Rückenlehne seines Stuhls sinken ließ. »Kannst du haben. Du denkst jetzt gerade, dass du mich noch nie in diesem Viertel gesehen hast, und fragst dich, was ich hier tue und woher ich eigentlich komme. Denn obwohl ich deine Sprache gut beherrsche, klinge ich für dich nicht wie ein Einheimischer.«

Dass Iris die meisten Leute aus ihrer Nachbarschaft vom Sehen kannte, verstand sich von selbst, und natürlich war sich der Fremde seines ausländischen Akzents bewusst. Das war alles reine Logik, keine Zauberkunst. Aber um ihn nicht zu enttäuschen, beschloss Iris, einen Grundsatz zu befolgen, den sie während ihres Studiums an der Journalistenschule gelernt hatte: Lass niemals zu, dass die Wirklichkeit dir eine gute Story vermasselt.

Sie schwieg und dachte nach. Möglicherweise hatte sie es schlicht und einfach mit einem notorischen Schürzenjäger zu tun.

»Und natürlich weiß ich auch das mit dem Ring«, fuhr ihr Gegenüber fort.

»Welcher Ring?«, fragte Iris und sah ihn mit offenem Mund an. Sie spürte, wie ihr Herz schneller schlug.

»Ich weiß, dass er dich an einen geliebten Menschen erinnert. Und jetzt fragst du dich, ob ich außer dem Ring, den ich trage, nicht auch noch in anderen Dingen Ähnlichkeit mit ihm habe. Ich weiß auch, dass dieser Mensch vor nicht allzu langer Zeit für immer gegangen ist und seine Abwesenheit dich sehr traurig macht.«

Langsam und mit gespielter Gleichgültigkeit trank Iris von ihrer heißen Schokolade.

»Ich muss also aufpassen, was ich denke«, sagte sie schließlich.

»Das würde ich nicht sagen. Gedanken an sich sind weder gut noch schlecht.«

»Was willst du damit sagen?«

»Studien haben ergeben, dass uns täglich um die sechzigtausend Gedanken durch den Kopf schwirren. Positive und negative, banale und tiefschürfende. Man sollte sie nicht bewerten, sie sind vielmehr wie Wolken, die vorüberziehen. Wir sind zwar verantwortlich für das, was wir tun, aber nicht für das, was wir denken. Wenn dich also ein Gedanke bedrückt, versieh ihn einfach mit dem Etikett ›Gedanke‹ und lass ihn vorbeiziehen.«

»Reden kann er ja, der Typ«, dachte Iris und fragte sich, ob der Fremde tatsächlich ihre Gedanken lesen konnte.

»Um das, was du vorhin gedacht hast, zu beantworten«, sagte dieser, »da hast du recht: Ich bin nicht aus diesem Viertel. Auch nicht aus diesem Land. Manchmal habe ich sogar den Verdacht, dass ich gar nicht von diesem Planeten stamme, sondern aus irgendeiner fernen Welt, und nur zufällig auf der Erde gelandet bin. Und dabei habe ich einen solchen Schlag abgekriegt, dass ich nicht mal mehr weiß, woher ich komme. Doch um das herauszufinden, müsste ich warten, bis mein Raumschiff wieder vorbeikommt und mich einsammelt.«

Innerlich musste Iris über den Mann lachen. Falls er vorhatte, sie anzubaggern, war er auf dem richtigen Weg. Ihre Sympathie hatte er zumindest bereits gewonnen.

»Aber wie du heißt, wirst du ja wohl wissen«, unterbrach sie ihn.

»Ich heiße Luca.«

»Klingt italienisch. Wie dein Akzent«, antwortete sie, ohne ihren eigenen Namen zu verraten. »Gibt es auch Italiener auf fernen Planeten?«

»Alles ist möglich«, erwiderte er mit melancholischem Lächeln. »Aber ehrlich gesagt ist mir das ziemlich egal. Ich weiß nur, dass du und ich jetzt gerade in diesem Café sitzen.«

Iris seufzte, dann wiederholte sie laut den Namen des Lokals:

»Am schönsten auf der Welt ist es gleich hier.«

Kleiner Hund sucht große Liebe

Nach ihrem Erlebnis vom Sonntag startete Iris mit einem Lächeln auf den Lippen in die neue Woche. Plötzlich fand sie es gar nicht mehr so schrecklich, für eine Versicherungsgesellschaft telefonische Anfragen entgegenzunehmen. Außerdem hatte sie sich schon so sehr daran gewöhnt, auf die immer gleichen Fragen zu antworten, dass sie reden und dabei an etwas vollkommen anderes denken konnte.

Der Morgen verging schneller als sonst, weil sie dauernd an den Nachmittag denken musste, den sie mit Luca in dem Café verbracht hatte.

Die langweilige Arbeit hatte sogar ihre geheimnisvollen Seiten.

Etwas, worüber sich Iris schon seit einiger Zeit wunderte, waren die sogenannten »anruflosen Oasen«. Nach langen Stunden, in denen die Mitarbeiter des Callcenters pausenlos mit Anrufen bestürmt wurden, schwiegen inmitten des Hochbetriebs die Telefone plötzlich alle gleichzeitig und ohne ersichtlichen Grund. Als flöge ein Engel vorbei.

Eine »Oase« dauerte höchstens ein paar Minuten,

danach flackerten die Bildschirme unter der nächsten Anrufwelle wieder auf.

Wie üblich nutzte Iris eine solche Pause dazu, eine der kostenlosen Zeitschriften zu lesen, die von Tisch zu Tisch wanderten. Sie blätterte von hinten nach vorne durch den Fernseh- und Sportteil. Beim Überfliegen einer Seite mit Gesellschaftsklatsch blieb sie im unteren Teil an einer Anzeige hängen.

KLEINER HUND SUCHT GROSSE LIEBE

Dort wurde ein Halter für einen Hund gesucht. Die Zeichnung, unter der eine Telefonnummer angegeben war, rief bei Iris schöne Erinnerungen wach. Der Hund ähnelte verblüffend einer Promenadenmischung, die ihr vor vielen Jahren in einer Skihütte begegnet war, in der sie das schönste Wochenende ihres Lebens verbracht hatte.

Sie bedankte sich bei dem Hund aus der Anzeige dafür, dass er ihr etwas Vergessenes in Erinnerung rief, schloss die Augen und versuchte, jene wunderbaren Tage wiederzubeleben.

Iris war sechzehn Jahre alt und für vier Tage auf Klassenfahrt im Schnee. Um drei Uhr morgens war sie in einen Reisebus voller Skier, Schneestiefel und hellwacher Schüler gestiegen.

Sie selbst konnte nicht Skilaufen, wünschte sich aber nichts sehnlicher, als einmal richtigen Schnee kennenzulernen. In ihrer Stadt hatte sie bisher nur leichtes Schneerieseln erlebt, nie waren die Flocken liegen geblieben. Jetzt würde sie zum ersten Mal in eine vollkommen weiße Welt eintauchen.

Die Winterlandschaft begeisterte sie, aber mit ihren ersten Skiversuchen war es schnell vorbei. Auf der Anfängerpiste fiel sie beim Üben des Pflugs vornüber in den Schnee und verstauchte sich einen Knöchel. Von ihrem weißen Lager aus sah sie kurz darauf eine orangefarbene Gestalt in rasender Fahrt auf sich zufliegen.

Der Rettungshelfer war knapp über zwanzig. Als er sich über sie beugte und sie fragte, wie es ihr gehe, wusste sie sofort, dass ihr dieser junge Mann mit dem etwas breiten Gesicht gefiel. Er zog ihr den Skischuh aus, nahm ihren kalten Fuß behutsam in seine Hände und versuchte ganz sanft, ihn zu drehen. Iris schrie auf vor Schmerz.

»Ich glaube, du hast dir den Knöchel gebrochen«, sagte der junge Mann.

Im nächsten Moment hob er sie auf seine Arme, um sie zum Fuß der Piste zu tragen, wo sich ein Erste-Hilfe-Posten befand. Iris fühlte sich wie eine Prinzessin in den Armen ihres Märchenprinzen, auch wenn der nur einen schlichten Anorak trug. Als sie unten ankamen, war sie bereits in ihren Retter verliebt.

Zum Erstaunen ihrer Mitschüler lehnte sie es ab, nach Hause zurückzufahren, um in der Stadt einen Arzt aufzusuchen. Sie wollte die restlichen Tage lieber mit einem provisorischen Verband und Schmerzmitteln auf ihrem Herbergsbett verbringen.

Am nächsten Morgen zogen ihre Klassenkameraden nach dem Frühstück mit Skiern und Stöcken auf die Piste, wo sie bis nachmittags bleiben würden. Obwohl Iris sich kaum bewegen konnte und wellenweise von starken Schmerzen erfasst wurde, bebte sie vor Glück. Der Grund war Olivier – so hieß der Rettungshelfer –, der ihr versprochen hatte, mittags vorbeizukommen, um ihr eine Schale Suppe und frisch gebackenes Brot zu bringen.

Voller Ungeduld fieberte sie dem kurzen Besuch entgegen. Stimmte vielleicht, was der kleine Prinz zum Fuchs gesagt hatte: dass das Glück in der Erwartung des Glücks liegt?

Es passierte nichts Besonderes zwischen ihnen, da der Rettungshelfer höflich Distanz hielt und eher wortkarg war, doch Iris fühlte sich wie von einer Liebeslawine überrollt.

Am zweiten Tag, als Olivier mittags in seinem orangefarbenen Anorak und mit der Schale Suppe in der Hand ins Zimmer trat, folgte ihm ein kleiner gefleckter Hund. Er lief zu ihrem Bett, sprang auf ihren Schoß und schüttelte sich geräuschvoll den Schnee aus dem Fell, der nass und kalt auf Iris fiel.

Olivier war das sehr peinlich, und er machte Anstalten, den Hund mit einem Klaps vom Bett zu scheuchen.

»Nein, bitte nicht!«, flehte Iris ihn an. »Lass ihn ein bisschen bei mir bleiben. Er ist ja halb erfroren!«

Schmunzelnd beobachtete der Rettungshelfer, wie der Hund es sich auf den Beinen seiner Beschützerin bequem machte.

»Ein richtiges Schoßhündchen«, sagte Olivier lächelnd. »In ein paar Stunden, wenn meine Schicht um ist, komme ich wieder und hole ihn ab. Benimm dich, Pilof!«, rief er dem Hund noch zu, bevor er aus dem Zimmer ging und die Tür hinter sich schloss.

Iris hatte erreicht, was sie wollte: Olivier würde wiederkommen, um seinen Hund abzuholen. Dem fielen bereits die Augen zu, er seufzte ein paarmal leise, und schon war er eingeschlafen.

Als Iris im Callcenter an diese Szene zurückdachte, konnte sie den Geruch nach feuchtem Fell, der sich im Zimmer ausgebreitet hatte, förmlich riechen.

Vor ihr tauchte plötzlich eine schlaksige Gestalt auf und holte sie aus ihren Träumen ins Büro zurück, wo erneut sämtliche Telefone zu blinken begonnen hatten.

»Was ist denn mit dir los?«, raunzte der Schichtleiter sie an. »Siehst du nicht, dass Anrufe reinkommen?«

Der Vergangenheitstisch

Die Sonne war untergegangen. Auf dem Heimweg verspürte Iris den starken Drang, nochmals in dem Café vorbeizuschauen, das sie tags zuvor entdeckt hatte. Nach ihrem langen Tag im Büro beschlichen sie jetzt allerdings Zweifel, ob sie überhaupt dort gewesen war. Ihr Besuch im Café lag nur vierundzwanzig Stunden zurück, aber was sie dort erlebt hatte, erschien ihr unglaublich fern. Hatte sie womöglich alles nur geträumt?

An der Ecke angekommen, wunderte sie sich, dass das Leuchtschild mit dem merkwürdigen Namen immer noch vor sich hin flackerte, als läge es in den letzten Zügen einer langen, mühseligen Existenz und werde jeden Moment den Geist aufgeben. Am Nachmittag waren die Temperaturen in den Keller gestürzt, und eine Dunstschicht verschleierte die großen Fenster des Cafés.

Iris musste wieder an die Berghütte im Schnee, an den Rettungshelfer und den kleinen Pilof denken. Hatte diese winterliche Erinnerung womöglich dazu beigetragen, die Temperaturen fallen zu lassen? Hieß es nicht, der Flügelschlag eines Schmetterlings in Hongkong könne einen Hurrikan in New York auslösen? Waren nicht manchmal auch Gedanken wie ein Flügelschlag: hauchzart, aber fähig, die Wirklichkeit zu beeinflussen?

»Fang jetzt nicht an zu philosophieren«, sagte sie sich, während sie ihre kalte Nase an die Fensterscheibe presste, um zu sehen, wer im Café saß. Zu ihrer Enttäuschung war es leer. Nicht einmal der Zauberkünstler mit der langen weißen Mähne stand hinter der Bar. Im selben Augenblick gab es über ihr einen Knall, der sie zusammenfahren ließ.

Es dauerte ein paar Sekunden, bis sie begriff, dass das Leuchtschild am Eingang endgültig durchgebrannt war. Auch im Inneren des Cafés herrschte jetzt Dunkelheit. Und offenbar machte niemand Anstalten, den Stromausfall zu beheben. Daher nahm Iris an, dass das Café geschlossen war.

Als sie gerade kehrtmachen wollte, öffnete sich jedoch die Tür, und die weiße Mähne des Zauberers leuchtete in der Dunkelheit.

»Warum kommen Sie nicht herein?«, fragte er mit geisterhafter Stimme. »Draußen erfrieren Sie noch.«

»Aber der Strom ist doch ausgefallen!«

»Ist ausgefallen, kommt aber wieder. Hereinspaziert, ich weise Ihnen den Weg.«

Der Zauberer zückte eine kleine, flache Taschenlampe, wie sie früher die Platzanweiser im Kino benutzt hatten, und beleuchtete einen Tisch in der Mitte des Cafés. Nachdem Iris sich gesetzt hatte, ging er hinter die Bar und verschwand in einem Nebenraum. Als sich die Tür hinter ihm schloss, lag wieder alles in völliger Dunkelheit.

Iris wusste nicht, was sie in diesem leeren, finsteren Café verloren hatte. Die Stille ringsum war so kompakt wie die Dunkelheit. Man hörte nur das dumpfe Ticken eines Sekundenzeigers. Aus dem Klang schloss Iris, dass er vermutlich zu einer alten Wanduhr gehörte.

Sie hätte dem Zauberer gern zugerufen, er solle ihr den Weg zurück zur Tür leuchten, sie wolle sofort wieder gehen, aber das Ticken des Uhrzeigers hypnotisierte sie regelrecht.

Plötzlich flüsterte genau vor ihr eine Stimme, die sie kannte:

»Ticktack, ticktack ...«

»Luca?«, rief sie erschrocken. »Bist du das?«

»Nein, ich bin eine Uhr«, antwortete die Stimme mit dem leichten italienischen Akzent. »Hörst du nicht? Ticktack, ticktack ...«

»Hör auf mit dem Blödsinn«, protestierte sie. »Hat dir schon mal jemand gesagt, dass du dich benimmst wie ein kleines Kind?«

»Die Dunkelheit macht uns alle zu kleinen Kindern. Im Dunkeln suchen selbst die Mutigsten von uns automatisch nach der mütterlichen Hand. Horch doch mal auf die Uhr.«

Während ihr mysteriöser Tischgenosse schwieg, lauschte Iris verwirrt auf das Ticken des Sekundenzeigers.

»Man könnte meinen, es ist eine ganz normale Uhr, aber das stimmt nicht«, fuhr Luca fort.

»Und warum?«

»Es ist eine magische Uhr. Sie läuft rückwärts, auf der Suche nach vergessenen Momenten der Vergangenheit.«

»Natürlich, wie alles hier im Raum«, spottete Iris. »Ich nehme auch an, wir sitzen hier an einem der vom Zauberer verhexten Tische. Aber was für ein Trick soll das sein? Ein Trick im Dunkeln ist ja wahrlich kein Kunststück.«

»Im Gegenteil«, erwiderte Luca. »Für einen Zauberer ist das der höchste Grad der Meisterschaft, weil die Dunkelheit alles enthüllt.«

»Na ja, ich sehe jedenfalls nichts«, murrte Iris.

»Das ist genau wie mit der Vergangenheit: Sie ist überall, doch wir sehen sie nicht. Deshalb schaffen wir es auch nicht so leicht, uns von ihr zu lösen. Wir sind wie ein Schiff, dessen Anker am Meeresgrund liegt und uns am Weiterfahren hindert. Was nicht bedeutet, dass wir nicht fähig wären, ihn herauszuziehen und unseren Weg weiterzuverfolgen.«

»Ich verfolge keinen Weg. Ich weiß weder, wohin ich fahre, noch, was mich festhält«, gestand Iris. »Ich kann dir nicht mal sagen, woher ich komme. Wie soll ich da meinen Anker lichten?«

»Vielleicht lernst du an diesem Tisch, wie man es macht.«

»Ist das der Vergangenheitstisch?«

»So könnte man ihn nennen. Er wird dir helfen, Ereignisse hochzuholen, von denen du glaubtest, du hättest sie vergessen. Wenn du an ihnen ziehst, gelangst du bis zum Anker. Aber im Grunde brauchst du den gar nicht. Du musst nur das Seil durchtrennen, das dich mit der Vergangenheit verbindet. Der Wind des Lebens wird das Übrige tun.«

»Genug über Schiffe geredet. Soll ich dir mal was Verrücktes erzählen?« sagte Iris, die sich im Dunkeln plötzlich wohl zu fühlen begann. »Ausgerechnet heute ist mir eine alte Geschichte eingefallen. Nichts Wichtiges, aber sie in der Erinnerung noch einmal zu erleben, hat mich richtig glücklich gemacht.«

»Wenn sie dich glücklich gemacht hat, ist sie wichtig. Glücksmomente dürfen wir nicht begraben, sonst verzichten wir auf das Beste in uns. Man kann vieles über Bord werfen, aber nicht diese Momente.«

»Es heißt doch, unser Gedächtnis solle sich von Erinnerungen befreien, damit es neue Informationen speichern kann«, wandte Iris ein. »Aber lassen wir mal das Theoretisieren. Ich will einen Beweis dafür, dass dieser Tisch fähig ist, vergessene Erinnerungen zurückzuholen. Überrasch mich!«

Kaum hatte sie ausgeredet, spürte Iris, wie etwas sanft ihren Nacken streifte. Einige Sekunden lang schwieg sie verdutzt. Dann fragte sie Luca, den sie im Verdacht hatte:

»Warst du das?«

Er antwortete nicht. Iris hörte, wie hinter ihr ein Stuhl verschoben wurde, dann hörte sie ein Husten wie aus weiter Ferne und hauchzartes Gemurmel.

»Warum antwortest du nicht?«

Im selben Moment gingen die Lichter wieder an.

Verblüfft stellte Iris fest, dass an allen Tischen des Cafés Leute saßen. Es war, als hätte die Dunkelheit sie gezwungen, sich wie heimliche Gäste zu verhalten, und als hätte erst der erneut fließende Strom die Lautstärke ihrer Unterhaltungen wie mit einem Regler hochgefahren. Gleichzeitig setzte das Geklapper von Tassen und Tellern wieder ein. Der Zauberer stand erneut hinter seiner Theke und war eifrig mit der Zubereitung von Getränken beschäftigt.

Luca dagegen hatte sich in Luft aufgelöst. Doch bevor er gegangen war, hatte er einen kleinen, länglichen, sorgfältig verpackten Gegenstand in die Mitte des Tischs gestellt. Das Päckchen trug ein Etikett mit der Aufschrift

TASCHENPSYCHOANALYTIKER

Iris musste über dieses merkwürdige Geschenk schmunzeln. Es war garantiert ein Scherz. Was sollte das sein, ein zehn Zentimeter großer und vier Zentimeter breiter Psychoanalytiker?

Gerade wollte sie das Päckchen öffnen, um sein Geheimnis zu ergründen, als ihr auffiel, dass mehrere alte Männer im Frack und mit Fliege sie unverwandt ansahen.

Sie blickte sich im Café um und stellte verwundert fest, dass sämtliche Gäste veraltete Kleidung trugen. Auch ihre Gestik und Mimik besaß die höfliche Förmlichkeit vergangener Zeiten.

Da fiel ihr ein, was Luca vor seinem rätselhaften Verschwinden in der Dunkelheit gesagt hatte: »Die Vergangenheit ist überall, wir sehen sie nur nicht.«

Noch einmal schaute sich Iris verstohlen um, stellte

aber auch diesmal fest, dass sie keinen der Cafégäste kannte.

Plötzlich hatte sie das Bedürfnis, das ungewöhnliche Geschenk in ihren eigenen vier Wänden auszupacken. Sie stand auf, steckte es in ihre Manteltasche und winkte dem Zauberer zu, der weiterhin eifrig seine anachronistische Kundschaft bediente.

Aber noch bevor sie die Tür öffnen und auf die Straße treten konnte, war der Wirt zum Ausgang geeilt und hatte sich vor ihr aufgebaut.

»Wollen Sie denn nichts trinken?«, fragte er mit seiner tiefen Stimme. »Zu Ehren unserer Gäste ist heute alles billiger als sonst.«

»Doch, aber nicht hier«, wagte Iris zu entgegnen. »Ich gehe lieber nach Hause, einen Schluck Vergangenheit trinken …«

»Das ist gut«, erwiderte der Mann. »Von der Vergangenheit in die Zukunft ist es nur ein einziger Schritt. Und was es nicht gibt, ist die Gegenwart.«

»Warum glauben Sie das?«

»Ich gebe Ihnen ein einfaches Beispiel: Die Frage, die Sie mir soeben gestellt haben, gehört bereits der Vergangenheit an. Und die Antwort, die ich Ihnen geben werde, liegt noch in der Zukunft. Sobald Sie sie haben, wird sie ihrerseits vergangen sein und die Zukunft aus anderen Dingen bestehen. Für die Gegenwart bleibt gar keine Zeit. Wir wechseln von der Vergangenheit in die Zukunft, die wiederum zur Vergangenheit wird: So ist das Leben!«

»Sie meinen also …«, murmelte Iris, »dass nichts in der Gegenwart geschieht?«

Der Zauberer dachte kurz nach, dann antwortete er rätselhaft:

»Nun ja, eigentlich doch. Es gibt ein paar Dinge, die vor allem der Gegenwart angehören.«

»Und welche sind das?«

Der Zauberer überlegte einen Moment. Die Gäste hatten unvermittelt ihre Gespräche unterbrochen und schauten schweigend zu den beiden herüber. Sogar das Licht schien sich verändert zu haben, es war, als leuchtete es dort, wo sie beide standen, etwas stärker. Das Café sah plötzlich aus wie ein kleiner Theatersaal, in dem ein Zauberer und seine Assistentin im Begriff waren, einen verblüffenden Trick vorzuführen.

»Zauberei geschieht in der Gegenwart«, sagte der Magier mit funkelndem Blick.

»Ich glaube nicht an Zauberei«, erwiderte Iris.

»Verstehe …« Er machte eine lange Pause, bevor er erneut zu reden begann.

»Ich sehe, dass Ihr Mantel Taschen hat«, sagte er schließlich.

Iris nickte verwirrt.

»Erinnern Sie sich, ob Sie etwas in den Taschen haben?«

»In die eine Tasche«, antwortete sie mit leichtem Stirnrunzeln, »habe ich eben ein Geschenk gesteckt, das ich von einem Freund erhalten habe …«

»Würde es Ihnen etwas ausmachen«, unterbrach sie der Zauberer, »diesen Herrschaften zu sagen, was Sie in den Taschen hatten, als Sie hierherkamen?«

Erst jetzt merkte Iris, dass sämtliche Gäste sie beobachteten. Sie fühlte sich unbehaglich, fand aber die

Kraft, ihre Schüchternheit zu überwinden und auf das Spiel des Zauberers einzugehen.

»Ich hatte meine Hausschlüssel, einige Münzen und ein paar Bonbons in der Tasche«, sagte sie.

»Sonst nichts? Denken Sie genau nach.«

Iris schüttelte den Kopf. Sie war sich sicher.

»Könnten Sie jetzt bitte mal nachsehen, was in Ihren Taschen steckt? Schauen Sie zuerst in der rechten nach.«

Auf eine Geste des Zauberers hin zog Iris ihren Schlüsselbund hervor und zeigte ihn dem Publikum. Außerdem befanden sich in dieser Tasche, ganz wie sie gesagt hatte, vier in buntes Papier gewickelte Bonbons und ein paar Münzen, zusammen mit dem Päckchen, das Luca ihr gerade geschenkt hatte.

»Was würden Sie antworten, wenn ich Ihnen jetzt sagte, dass Ihre andere Manteltasche die wichtigsten Stunden Ihres Lebens enthält?«

Auf diese merkwürdige Frage fiel Iris keine Antwort ein.

Sie schob ihre Hand in die andere Tasche und stellte verwundert fest, dass sie nicht leer war. Ein schwerer, harter Gegenstand steckte darin, den sie noch nie gesehen hatte: eine alte Taschenuhr mit goldenem Gehäuse und einem Zifferblatt aus Elfenbein. Offenbar war sie um Punkt zwölf stehengeblieben. Die Uhr musste einmal von großem Wert gewesen sein, aber inzwischen waren ihre Zeiger vom Rost angefressen und bewegten sich nicht mehr.

Ein Raunen der Bewunderung ging durchs Publikum.

»Gehört diese Uhr einem der Anwesenden?«, fragte der Zauberer seine Zuschauer.

Niemand antwortete.

»Somit steht fest, dass Sie diejenige sind, die sie benötigt«, sagte er zu Iris. Und ergänzte im Flüsterton: »Soweit ich weiß, haben Sie sich heute an den Vergangenheitstisch gesetzt.«

»Bis jetzt habe ich mich aber noch an nichts Vergessenes erinnert!«, erwiderte Iris.

»Das ist das Besondere an diesem Tisch«, sagte der Zauberer lächelnd. »Er funktioniert mit Verzögerung. Bis bald in der Zukunft! Und vergessen Sie nicht, auf die Uhr zu schauen! Sie wird Ihnen helfen, die Zeit zu verstehen.«

Erneut wandte er sich dem aufmerksamen Publikum zu und hob die Stimme:

»Ich bitte Sie alle, meine heutige Assistentin mit einem kräftigen Applaus zu verabschieden …«

Mit einem bemühten Lächeln nahm Iris die begeisterten Ovationen entgegen und beeilte sich, nach draußen zu kommen.

Dieser Ort war noch merkwürdiger, als sie gedacht hatte.

Ein Psychoanalytiker im Taschenformat

Zu Hause angekommen, schob sich Iris eine Pizza in den Ofen und sah sich mit neuen Augen in den Räumlichkeiten um, die schon immer ihr Zuhause gewesen waren. Sie enthielten lauter Dinge, die Iris an eine durch den Tod der Eltern zerbrochene Vergangenheit erinnerten. Familienfotos und Gegenstände aller Art erzählten von Augenblicken und Erlebnissen, die nie mehr wiederkehren würden.

Während sie ihren Wintermantel auszog, fragte sich Iris, ob es nicht einfacher wäre, den Anker zu lösen und in eine Wohnung umzuziehen, die frei war von all dem emotionalen Ballast. Irgendwohin, wo sie sich aussuchen konnte, welche Erinnerungen sie weiterhin begleiten sollten.

Dabei fiel ihr wieder die merkwürdige Annonce ein, die sie sich aus der Zeitschrift ausgeschnitten hatte:

KLEINER HUND SUCHT GROSSE LIEBE

Sie lächelte über den Satz und betrachtete noch einmal die Zeichnung des kleinen Hundes, der so große

Ähnlichkeit mit Pilof besaß. Plötzlich hatte sie den Impuls, die in der Anzeige angegebene Nummer zu wählen.

Nach dreimaligem Klingeln meldete sich eine ruhige ältere Frauenstimme, die Iris mitteilte, dass sie mit einem Tierschutzverein am Stadtrand verbunden war.

»Möchten Sie einen Hund adoptieren oder unser Tierheim besuchen?«, fragte die freundliche Dame.

Iris war es auf einmal etwas peinlich, dass sie überhaupt angerufen hatte.

»Um ehrlich zu sein«, erwiderte sie, »der Hund in Ihrer Anzeige sieht genauso aus wie ein Hündchen, das ich einmal als junges Mädchen kannte. Am liebsten würde ich ihn zu mir nach Hause holen«, sagte sie und wunderte sich über ihre eigenen Worte.

Die Dame kicherte.

»Ich fürchte, das geht nicht«, antwortete sie. »Wir haben hier keinen Hund, der so aussieht. Die Zeichnung wurde speziell für unsere Annonce angefertigt.«

»Ach so«, erwiderte Iris enttäuscht.

»Aber wir haben noch andere kleine Hunde, die eine große Liebe suchen. Wenn Sie mal bei uns vorbeischauen wollen, zeige ich sie Ihnen gern.«

»Gut, ich überleg's mir«, versprach Iris und verabschiedete sich.

Dann nahm sie die Pizza aus dem Ofen, schnitt sie in Stücke und setzte sich damit an den Tisch. Beim ersten Bissen fiel ihr wieder das Geschenk von Luca ein, das sie wegen der Sache mit dem Hund ganz vergessen hatte. Sie ging in den Flur, holte den Taschenpsychoanalytiker aus ihrem Mantel und kehrte neugierig ins Esszimmer zurück. Was immer dieses Päckchen enthalten mochte, es war der Beweis dafür, dass Luca existierte und an sie gedacht hatte.

Sie öffnete die Verpackung und hielt im nächsten Moment verdutzt einen winzigen Plastiksessel und eine Sanduhr in Form eines Gesichts mit Brille und Bart in der Hand, die einen Therapeuten darstellen sollte. Auf der Schachtel, in der beides gesteckt hatte, stand: »*Taschenpsychoanalytiker. Verreist nicht im August!*«

Auf der Rückseite las sie:

»*Jeder spielt in seinem Leben irgendwann einmal mit dem Gedanken, eine Therapie zu machen. Aber warum sollte man ein Vermögen für einen Psychoanalytiker ausgeben, wenn man ihn bei sich zu Hause haben kann, wo er einem schweigend zuhört, wann immer man will?*«

Bestimmt wollte Luca sie mit diesem Geschenk auf die Schippe nehmen, dachte Iris, während sie einen Zettel mit einer Skizze und einer Gebrauchsanweisung aus der Schachtel zog. Letzterer zufolge stellte man den Taschentherapeuten für Minisitzungen von jeweils fünf Minuten auf, der Zeit, die der Sand benötigte, um vom oberen in den unteren Teil der Sanduhr zu rinnen.

»Dann werden wir mal ein bisschen in der Vergangenheit herumstochern«, sagte Iris zu der Sanduhr, bevor sie sie auf den Kopf stellte. »Aber ich will nur die schönen Momente wiederhaben. Der Rest kann von mir aus in ewigem Vergessen schlummern.«

Sie biss wieder in ihre Pizza, stand auf und holte Papier und Kugelschreiber. Dann drehte sie die Sanduhr mit dem Therapeutengesicht noch einmal um und machte sich bereit, in den nächsten fünf Minuten alle Erinnerungen aufzuschreiben, die unvergesslich schön, aber vom Sand des Alltagstrotts verschüttet worden waren.

DINGE, DIE ICH NIE HÄTTE VERGESSEN DÜRFEN:

- *Die schlaflosen Nächte vor dem Dreikönigsfest* (und wie ich jedes Mal um sieben Uhr morgens ins Esszimmer lief, um die Geschenke auszupacken)*
- *Meine erste Fahrradfahrt, ohne hinzufallen*
- *Die Tunesienreise mit Mama und Papa. Später erzählten sie mir, ich hätte am Flughafen laut geheult, weil ich für immer dort bleiben wollte*
- *Der Kuss, den mir ein Klassenkamerad auf dem Schulflur gegeben hat*
- *Olivier und Pilof*
- *Ein tragischer Film, bei dem ich Tränen lachen musste*
- *Mein Freund auf dem Campingplatz, der so gut umarmen konnte (schade, dass die Geschichte nicht weitergegangen ist)*

---

* In Spanien und Lateinamerika werden die Kinder an »Reyes« (Dreikönigsfest) wie an Weihnachten beschenkt.

- *Wie aus der Zwiebel, die mir jemand von einer Hollandreise mitgebracht hatte, eine Tulpe wuchs*

An dieser Stelle erklärte der Taschenanalytiker die Sitzung für beendet, denn der Sand war nun im unteren Teil der Uhr angekommen. Es war eine kurze, aber intensive Therapie gewesen. Iris hatte feuchte Augen.

»Bis morgen, Herr Doktor«, verabschiedete sie sich.

Das Schlimmste ist auch das Beste

Am Dienstag beschloss Iris, sich einen Tag freizunehmen. Seit dem Tod ihrer Eltern hatte sie noch kein einziges Mal bei der Arbeit gefehlt. Daher fand sie, es täte ihr sicher gut, mal einfach so, aus reiner Lust am Spazierengehen, durch die Stadt zu laufen. Das sah der Schichtleiter allerdings anders.

»Unsere internen Vorschriften besagen klipp und klar«, gab er ihr am Telefon zu verstehen, »dass Urlaubstage einen Monat im Voraus zu beantragen sind.«

»Es handelt sich um einen Fall von höherer Gewalt«, erwiderte Iris, sich das Lachen verkneifend. »Ich muss ein Adoptionsverfahren abschließen.«

»Du willst als ledige Frau ein Kind adoptieren? Einen Jungen oder ein Mädchen?«

»Weiß ich noch nicht. Ich weiß nur, dass es ein Hund ist.«

Dann legte sie auf. Sie wusste, dass sie mit dem, was sie soeben getan hatte, ihre Stelle aufs Spiel setzte oder zumindest eine Verwarnung riskierte. Aber in diesem Moment schien ihr diese Aussicht das geringste Problem zu sein.

Sie steckte die Anzeige des Tierheims in die Tasche – auf der Rückseite hatte sie sich die Adresse notiert –, beschloss aber, vorher noch einmal bei dem mysteriösen Café vorbeizuschauen. Das wäre dann der dritte Tag in Folge, an dem sie dort war, allerdings zum ersten Mal schon am Vormittag.

Selbst wenn das Café um diese Zeit geöffnet hatte, glaubte sie kaum, dass Luca dort sein würde. Irgendwann musste er ja arbeiten. Bei dem Gedanken fiel ihr ein, dass er ihr nur gesagt hatte, er sei Italiener, mehr wusste sie nicht über ihn.

Aber sie wollte mehr über ihn wissen.

Der Himmel war wolkenlos, deshalb ließ sie sich Zeit und schlenderte gemächlich durch die Straßen, um die Wärme der winterlichen Sonne ausgiebig zu genießen. Beim Überqueren der Brücke lief es ihr kalt den Rücken hinunter. Es war erst drei Tage her, dass sie an dieser Stelle um ein Haar mit allem Schluss gemacht hätte. Seitdem hatte sich in ihrem Leben zwar nichts Grundlegendes geändert, aber sie hatte der Todesversuchung widerstanden und die Gelegenheit bekommen, das magische Café kennenzulernen. Und jetzt war sie im Begriff, einen Hund zu adoptieren.

»Das Leben nimmt seltsame Wendungen«, dachte sie, während sie ohne einen Blick zurück weiterlief.

Das Café war geöffnet, und ein angenehmer Duft nach heißer Schokolade und frisch zubereiteter Pasta zog bis vor die Tür, so dass Iris, die bester Laune war, plötzlich Hunger verspürte.

Entschlossen stieß sie die Tür auf. Im hinteren Teil

des Raums war der Zauberer gerade dabei, die Theke mit einem feuchten Lappen abzuwischen.

Sie erkannte diesmal einige der Gäste wieder, die schon an den ersten beiden Tagen hier gesessen hatten. Dass sie selbst im Raum stand und nach einem freien Tisch Ausschau hielt, schien aber niemand zu bemerken.

Sie musste nicht lange suchen, an einem Tisch an der Wand saß Luca und erwartete sie bereits. Iris spürte ein Kribbeln im Bauch, etwas, was sie seit ewigen Zeiten nicht mehr erlebt hatte.

Der Italiener blickte zu ihr hoch und lächelte, während er mit einem Teelöffel in einer Tasse heißer Schokolade rührte. Auf dem Tisch standen noch eine zweite Tasse und ein Teller mit Keksen, die Iris zu erwarten schienen.

»Wusstest du, dass ich kommen würde?«, fragte sie erstaunt.

Luca lächelte nur schweigend. Im Hintergrund begann ein Lied zu spielen, das Iris mochte. Zum ersten Mal seit langem war sie sich absolut sicher, zum richtigen Zeitpunkt am richtigen Ort zu sein. An keinen anderen Ort als diesen hätte sie sich jetzt gewünscht. War das vielleicht das Glück? Die Erkenntnis, dass es am schönsten auf der Welt gleich hier ist?

Während Iris sich an den Tisch setzte, ertönte aus den Lautsprechern gerade die erste Strophe des Liedes, gesungen von der kanadischen Sängerin Feist:

Secret heart
What are you made of?
*What are you afraid of?**

»Na?«, sagte Iris zu Luca. »Was hat der heutige Tisch Besonderes an sich?«

Bevor er antwortete, griff Luca nach seiner Tasse und trank einen Schluck. Fasziniert betrachtete Iris sein Gesicht über dem hübschen dunkelblauen Rollkragenpullover, seine gelassene Miene und sein graumeliertes Haar, das ihm das Aussehen eines aristokratischen Bohemiens verlieh.

»Das hier ist der therapeutischste Tisch des Cafés«, verkündete Luca und stellte seine Tasse ab.

»Und warum?«, fragte Iris.

»An diesem Tisch lernt man, Licht im Dunkel zu sehen. Wenn du an diesem Tisch sitzt, begreifst du, dass die schlimmsten Dinge, die dir widerfahren, manchmal die besten sind.«

Wieder musste Iris an die Brücke über der Bahnlinie denken, an den geplatzten Luftballon und die Entdeckung des Cafés. Aber sie zog es vor, die Ahnungslose zu spielen. Ihr gefiel die geduldige Art, in der Luca mit ihr sprach. Sie fühlte sich wieder wie früher, als kleines Mädchen, wenn ihr Vater ihr Gutenachtgeschichten erzählt hatte.

»Vor einem Jahr habe ich über dieses Phänomen einen Artikel gelesen«, fuhr Luca fort. »Ein japani-

---

* Geheimnisvolles Herz/Woraus bestehst du?/Wovor hast du Angst?

49

scher Schriftsteller beschrieb, was einem Offizier seines Landes während der Mandschureikrise passiert war. Der Offizier war von den Sowjets gefangen genommen worden. Sie warfen ihn in einen Brunnen, wo er damit rechnen musste, über kurz oder lang im Dunkeln zu erfrieren oder zu verdursten. Doch inmitten seiner Verzweiflung erlebte er einmal am Tag etwas Wunderbares.«

»Ich kann mir nicht vorstellen, was in der Tiefe eines Brunnens Wunderbares passieren kann.«

»Oh doch. Sogar in seiner aussichtslosen Lage bekam dieser Mann einmal am Tag ein Geschenk. Und zwar wenn die Sonne genau über dem Brunnen stand: Da fiel für wenige Minuten Licht bis hinab auf den Grund. Der Offizier beschrieb dieses Aufleuchten wie eine Explosion strahlender Hoffnung.«

»Was geschah mit ihm?«

»Tage später wurde er von seinen Kameraden gefunden und wider Erwarten gerettet. Trotzdem dachte der Offizier auch noch Jahre nach dem Ende des Krieges manchmal wehmütig an jenen Glücksmoment zurück.«

Iris tunkte einen Keks in die dickflüssige Schokolade und schob ihn sich in den Mund.

»Ich verstehe nicht«, erwiderte sie, »wie jemand wehmütig an ein derart entsetzliches Erlebnis zurückdenken kann.«

»Genau das ist ja der Punkt!«, entgegnete Luca mit leuchtenden Augen und legte seine Hand auf ihre Hand. Auf der Stelle wünschte sie sich, er möge sie bis in alle Ewigkeit dort liegen lassen. »Gerade weil er so verzweifelt war, durchströmte ihn dieser Sonnenstrahl wie himmlische Seligkeit. Nach dem Krieg gelang es dem Offizier, ein zufriedenes Leben zu führen, aber er beteuerte, nie wieder ein solches Glücksgefühl erlebt zu haben wie in den lichtdurchströmten Minuten in der Tiefe des Brunnens.«

»Das ist eine schöne Geschichte«, sagte Iris und spürte ihr Herz schneller schlagen.

»Und so wirklich wie das Leben selbst. Sie lehrt uns auch etwas über das Glück: Nur wer Höhen und Tiefen durchlebt hat, ist imstande, intensives Glück zu empfinden. Das Leben ist ein Spiel der Gegensätze. Wer sich immer nur im mittleren Gefühlsbereich bewegt, wird nie bis zum wahren Kern des Lebens vordringen. Das ist die Lehre des Brunnens: Manchmal muss man sehr tief fallen, um die Größe des Himmels zu erfassen.«

»Du sprichst wie ein Poet. Bist du einer? Ich weiß gar nichts über dich.«

»Ich wiederhole nur, was andere gesagt haben«, erwiderte Luca bescheiden. »In diesem Tisch steckt eine Menge Hoffnung.«

Iris strahlte Luca an und streichelte mit den Fingerspitzen seine Hand.

»Warum erzählst du mir nicht mal etwas aus deinem Leben? Es ist ungerecht, dass du so viel über mich weißt und ich …«

Doch Luca schien gar nicht zuzuhören. Er unterbrach sie mitten im Satz:

»Als Stammgast dieses Cafés werde ich dir eine Aufgabe stellen«, sagte er unvermittelt. »Ich will, dass du an diesem Tisch die schlimmsten Ereignisse deines Lebens Revue passieren lässt und an das Beste denkst, was daraus hervorgegangen ist.«

»Hoffentlich werde ich eine fleißige Schülerin sein.«

»Das bist du bereits. Aber bevor du anfängst, solltest du an die Bar gehen und den Zauberer um etwas bitten.«

»Den Zauberer?«

»Klar«, sagte Luca lächelnd. »Ich habe schon bemerkt, dass ihr gute Freunde seid.« Iris stieg beim Gedanken an die Zaubernummer vom Vortag die Röte ins Gesicht. »Den Trick mit der Uhr hätte ich gern gesehen«, fuhr Luca fort. »Weißt du eigentlich, was für ein Glück du hast? Der Zauberer hat schon lange keine Tricks mehr vorgeführt.«

»Ja, es war wirklich etwas Besonderes«, stammelte Iris und tastete in ihrer Manteltasche nach der Uhr. »Allerdings hat er mir eine sehr merkwürdige Uhr geschenkt. Ich habe das Gefühl, sie geht und geht auch wieder nicht. Schau mal.«

Sie legte die alte Taschenuhr auf den Tisch. Die Zeiger standen noch immer auf Punkt zwölf, wie am vergangenen Nachmittag, aber aus dem Gehäuse drang ganz leises Ticken. Man hörte es nur, wenn man die Uhr dicht ans Ohr hielt, aber es war der Beweis dafür, dass irgendetwas in ihrem Inneren noch funktionierte.

»Das ist wirklich merkwürdig«, sagte Luca und lauschte aufmerksam auf das zarte Geräusch. »Vielleicht soll diese Uhr gar nicht die Zeit messen.«

Er schaute wieder zu Iris.

»Der Zauberer wartet auf dich«, sagte er.

Iris blickte zur Theke hinüber und sah den Zauberkünstler lächeln.

»Er scheint gute Nachrichten für dich zu haben«, sagte Luca.

»Gute Nachrichten?«

»Geh zu ihm.« Luca nahm Iris' Hand und küsste sie flüchtig, bevor er sie losließ.

Auf dem Weg zur Bar hatte Iris das Gefühl, über den Boden zu schweben. Als Erstes, noch bevor sie den Zauberer um die von Luca erwähnten guten Nachrichten bat, wollte sie sich bei ihm für den vergangenen Nachmittag bedanken.

»Ich würde gern noch einen Ihrer Zaubertricks sehen«, sagte sie. »Der von gestern war toll.«

»Das ist unmöglich«, antwortete der Zauberer, bedächtig die Gläser polierend, als hätte er alle Zeit der Welt.

»Warum?«

»Wissen Sie, worin das Geheimnis der Zauberkunst liegt?«, fragte der Magier zurück und ließ das Geschirrtuch sinken.

»Keine Ahnung.«

»In der richtigen Gelegenheit. Für jeden Trick gibt es den passenden Moment. Und ich habe das Gefühl, bis sich wieder ein Moment wie der gestrige ergibt, wird es noch eine Weile dauern. Wissen Sie, warum?«

Iris zuckte nur mit den Schultern.

»Ein Zaubertrick, bei dem nichts auftaucht, ist nicht der Mühe wert. Wussten Sie das? Apropos, ha-

ben Sie schon entdeckt, was gestern in Ihrer Manteltasche aufgetaucht ist?«

»Eine Uhr.«

»Falsch.«

Iris wusste nicht recht, ob sie lachen sollte. Der
Zauberer zog ein merkwürdiges Gesicht, ernst und
komisch zugleich, eine verwirrende Mischung.

»Was denn dann?«

»Das müssen Sie selbst herausfinden. Und jetzt soll
ich Ihnen, falls ich mich nicht täusche, etwas zeigen,
nicht wahr?« Der Magier drehte sich um, nahm ein
hinter der Theke hängendes Bild von der Wand und
reichte es Iris, damit sie es sich aus der Nähe ansehen
konnte.

Sie hielt einen indigoblauen Rahmen in den Händen, in den ein vergilbtes Blatt Papier gespannt war.
Darauf stand ein Auszug aus einem Märchen für Kinder:

GUTE NACHRICHTEN

*Eines darfst du nie vergessen: Zu jedem Gefühl gibt es
ein Gegengefühl. Ist man unglücklich, so beweist das,
dass man auch glücklich sein kann.*

Das ist eine gute Nachricht.

*Nur wenn man allein ist, wird einem bewusst, wie
schön es ist, mit jemandem zusammen zu sein.*

Das ist eine gute Nachricht.

*Erst muss einem etwas weh tun, damit man das Glück
schätzen lernt, keine Schmerzen zu haben.*

Das ist eine gute Nachricht.

Deshalb sollte man sich vor Traurigkeit, Einsamkeit oder Schmerzen nicht fürchten. Sie sind der Beweis dafür, dass es Freude, Liebe und Ruhe gibt.

Das sind gute Nachrichten.

Nachdenklich reichte Iris dem Zauberer das Bild. Als sie zum Tisch der Hoffnung zurückkehrte, sah sie, dass Luca gegangen war.

Sie schob die Hand in ihre Manteltasche und stellte erleichtert fest, dass die Uhr noch da war. Ihr kam das alles höchst rätselhaft vor, aber sie hatte gelernt, nicht ungeduldig zu werden. Eines wusste sie jedenfalls: An ein und demselben Tag – dem gestrigen – hatten zwei ungewöhnliche Männer ihr jeder eine Uhr geschenkt.

Wenn der Glückshund dir die Hand leckt

Beim Verlassen des Cafés sehnte sich Iris schon nach der nächsten Begegnung mit Luca. Sie war dabei, sich hoffnungslos in ihn zu verlieben, und das machte ihr Angst. So etwas war ihr schon lange nicht mehr passiert. Und bei früheren Gelegenheiten hatte es ihr auch nicht gerade gutgetan.

Für Iris hatte die Liebe bisher einer Bergbesteigung geglichen, bei der man hastig den Gipfel erklimmt, nur um, oben angekommen, in den Abgrund zu stürzen, ohne von irgendetwas oder irgendjemandem aufgefangen zu werden. Das wollte sie nicht noch einmal erleben. Andererseits hatte sie das Gefühl, mit Luca bereits jetzt eine Art unsichtbare Grenze überschritten zu haben, die eine Umkehr unmöglich machte. Plötzlich konnte sie sich nicht mehr vorstellen, auf das magische Café und die Gespräche mit ihm zu verzichten.

Und doch quälten sie etliche Zweifel. War sie zu schüchtern? Sollte sie sich bei ihm beliebt machen, sich weiter vorwagen? Iris' Arbeitskolleginnen sagten immer, Männer in ihrem Alter hätten sehr wenig Geduld. Wenn die Frau, die sie interessierte, ihnen nicht ein bisschen das Terrain bereitete, würden sie einfach in anderen Gewässern ihren Anker werfen.

War Luca vielleicht nichts weiter als ein Verführer? Warum sprach er nie von sich selbst, wie es die meisten Männer taten?

Grübelnd erreichte Iris das Tierheim am Stadtrand, wo ein kleiner Hund auf die große Liebe hoffte.

Ein lautes Konzert aus Gebell und metallischem Scheppern gab ihr zu verstehen, dass die Kolonie der herrenlosen Hunde zahlreiche Mitglieder hatte und wegen ihrer abgeschiedenen Lage auch nicht oft Besuch bekam.

Nachdem sie an der Eingangstür geklingelt hatte, fragte sich Iris, ob wohl stimmte, was sie über solche Einrichtungen gehört hatte: dass die Tiere dort nur eine begrenzte Zeitlang – höchstens ein paar Wochen – durchgefüttert und, wenn keiner sie wollte, eingeschläfert würden.

Die bedrückende Vorstellung verflog, als eine ältere Dame um die Siebzig mit gutmütiger Ausstrahlung an der Tür erschien. Es war die Frau, mit der Iris telefoniert hatte.

»Sind Sie das mit dem kleinen Hund?«, fragte sie.

Iris bejahte, und die Frau führte sie sogleich an einer Reihe von Käfigen mit aufgeregten Hunden entlang, bis sie zu einem Zwinger kamen, in dem die kleineren Exemplare gehalten wurden. Sie gingen an mehreren Pudeln mit verwaschenem Fell und an einigen aggressiv wirkenden Mischlingen vorbei und blieben schließlich vor einem Käfig stehen, in dem ein kurzbeiniges, schwarzweiß geflecktes Hündchen umherlief. Über eines seiner Augen zog sich ein großer schwarzer Fleck, was ihm das Aussehen eines Piraten verlieh.

Und so hieß er auch, wie Iris erfuhr, als die alte Dame sich bückte, um die Schnauze des Hundes zu streicheln.

»Hallo, Pirat!«

Der kleine Hund wedelte heftig mit dem Schwanz und kratzte mit seinen kurzen Pfoten am Gitter.

»So anders als der in der Anzeige sieht er ja gar nicht aus«, stellte Iris fest und ließ sich durch das Gitter hindurch von Pirat die Finger lecken.

Während der etwas plumpe kleine Kerl sie umwarb, fiel ihr plötzlich ein Satz ein, der auf einem Poster an der Wand ihres Jugendzimmers gestanden hatte: »Manchmal leckt mir der fremde Glückshund die Hand, und ich weiß nicht, wo ich die Leine gelassen habe«.

»Das ist Zufall«, erklärte die alte Dame. »Er ist erst heute Morgen abgegeben worden. Den Hund in der Anzeige hat vor einem Monat unser Tierarzt gezeichnet. Sie werden ihn gleich kennenlernen.«

Iris beschloss, den kleinen Piraten zu adoptieren. Die Leiterin des Tierheims bat sie, einige Formulare auszufüllen, und forderte sie zu einer Spende für den Unterhalt der Einrichtung auf. Dann bat sie Iris, Platz zu nehmen, sie wolle den Tierarzt holen, der ihr den Impfausweis für den Hund aushändigen und ihr einige Tips zur Hundehaltung geben würde.

Während sie in dem winzigen Büro wartete, hörte Iris dem vielstimmigen Gebell – einer Mischung aus schrillen und heiseren Tönen – all jener zu, die nicht das gleiche Glück hatten wie der kleine Pirat.

Als die Tür aufging, wollte sie ihren Augen nicht trauen: Der Tierarzt war jemand, den sie vor vielen Jahren kennengelernt hatte. Und auch wenn der Junge von damals mittlerweile ein etwas pummeliger und praktisch kahlköpfiger Mann war, ließ der vergnügte Ausdruck auf seinem breiten Gesicht keinen Zweifel zu: Es war Olivier, der Rettungshelfer.

Die Echos der Liebe

»Findest du es nicht unglaublich, dass ich ihn nach zwanzig Jahren ausgerechnet dort getroffen habe?«, fragte Iris, nachdem sie Luca von den Ereignissen des Vortags erzählt hatte.

Luca musterte sie interessiert. Aus dem Café, in dem bereits die gelblichen Lampen angegangen waren, zogen sich gerade die letzten Reste von Tageslicht zurück. Wie schon an den vorigen Tagen unterhielten sich die anderen Gäste zwar lebhaft, aber mit so gedämpfter Stimme, dass von ihren Gesprächen kein Wort zu verstehen war.

Während Luca mit seiner Antwort auf sich warten ließ, las Iris die Worte auf dem alten Metallschild über der Eingangstür, in deren Nähe sie sich diesmal gesetzt hatten. Bisher hatte sie das Schild gar nicht wahrgenommen.

»Komm traurig, geh glücklich«

Auf den ersten Blick schien ihr das ein ziemlich gewagtes Versprechen. Allerdings stimmte es ja wirklich, in diesem Café geschahen kleine Wunder.

»Also, wenn man es sich genau überlegt, gibt es für die Sache mit dem Hund und dem Rettungshelfer eine einfache Erklärung«, wandte Luca schließlich ein. »Der Hund in der Anzeige ist dir aufgefallen, weil er Ähnlichkeit mit dem sympathischen Hund hatte, den du als junges Mädchen kanntest.«

»Mit dem sagenhaften Pilof«, rief Iris.

»Sonst hättest du ihn vielleicht gar nicht wahrgenommen«, fuhr Luca fort. »Olivier wiederum hat seinen treuen Begleiter von damals, als er als Rettungshelfer arbeitete, ziemlich exakt nachgezeichnet, weil dieser Pilof, so wie er ihn in Erinnerung hat, vermutlich seinem Idealbild eines Hundes entspricht. Du siehst, eigentlich ist es gar kein Zufall.«

»Ich weiß nicht, worauf du mit deinen Erklärungen hinauswillst.«

»Damit will ich sagen, dass der Zufall die Welt gründlicher ordnet, als wir vermuten. Ich habe dir erklärt, wie du und deine platonische Jugendliebe wieder zusammengekommen seid, aber viel interessanter als diese erneute Begegnung im Tierheim ist etwas ganz anderes.«

»Aha? Und das wäre?«

»Die Frage, warum du diesen Mann gerade jetzt und nicht zum Beispiel vor fünf oder vor fünfzehn Jahren wiedergetroffen hast.«

Iris' Blick wanderte zu Lucas langen, gepflegten Händen, die ruhig auf dem Tisch lagen, während sein

Kakao kalt wurde. Sie wünschte sich, diese Hände würden ihre Ruhehaltung aufgeben und sich auf die Suche nach ihren machen, aber ihr zurückhaltender Tischgenosse schien gedanklich viel zu sehr mit seiner Theorie beschäftigt zu sein.

»Dass du Olivier genau jetzt wiedergetroffen hast«, fuhr er fort, »bedeutet, dass die Zeit gekommen ist, eine offene Frage zu klären.«

»Was meinst du denn damit?«, fragte Iris und stellte ihre Tasse wieder ab.

»Der Zufall ist rätselhaft, aber auch weise. Wenn er dafür gesorgt hat, dass dir der Rettungshelfer erneut über den Weg läuft, scheint es dafür irgendeinen Grund zu geben. Vielleicht bist du es diesmal, die ihn retten muss!«

Iris hatte den Verdacht, dass Luca gerade versuchte, sie in Oliviers Arme zu treiben, und das gefiel ihr absolut nicht. Jetzt, wo sie dabei war, sich in ihn zu verlieben, war das Letzte, was sie sich wünschte, eine alte Liebe aus der Jugendzeit neu zu beleben. Dazu noch eine, die im Sande verlaufen war.

»Vergiss den Tierarzt«, sagte sie bestimmt. »Damals fand ich diesen Unfall im Schnee, die Suppe und all das sehr romantisch, aber heute ist mir die Erinnerung daran irgendwie peinlich. Ich bin ja nun kein Teenager mehr.«

»Warum denn das?«, fragte Luca belustigt.

»Während sich damals meine Schulkameradinnen auf Partys amüsierten und jeden Abend eine andere Romanze erlebten, wartete ich dumme Gans auf den Märchenprinzen. Ich flüchtete mich in Träume, weil ich unfähig war, für das, was ich liebte, zu kämpfen.«

»Bis jetzt«, ergänzte Luca. »Mit sechzehn hattest du nicht den Mut zur Liebe, deshalb gibt das Leben dir jetzt eine zweite Chance, damit du es diesmal besser machst. Findest du das nicht aufregend?«

Iris war stinksauer. Sie fand es unerträglich, dass der Mann, der in ihrem Herzen einen immer größeren Platz einzunehmen begann, sie jetzt ausgerechnet an den Erstbesten abschieben wollte, der ihr über den Weg lief.

»Bitte ärgere dich nicht«, sagte Luca. »Das darfst du hier nicht. Wir sitzen am Tisch des Verzeihens.«

»Ich ärgere mich nicht und muss auch niemandem etwas verzeihen«, erwiderte Iris irritiert.

»Schon möglich, aber ich glaube, du hast vergessen, dir selbst zu verzeihen.«

»Mir selbst zu verzeihen? Wie meinst du das?«

»Du beklagst dich andauernd, dass du bestimmte Dinge nicht mehr machst oder früher falsch gemacht hast, als ob das jetzt noch irgendetwas bringen würde. Warum verzeihst du dir nicht und akzeptierst, dass du das Beste getan hast, was dir im jeweiligen Moment und am jeweiligen Ort einfiel? Jeder Mensch hat das Recht, sich weiterzuentwickeln. Und zu irgendetwas anderem als dazu, graue Haare zu bekommen, müssen die Jahre ja wohl gut gewesen sein!«

»Du redest wie ein Guru«, sagte Iris vorwurfsvoll. »Außerdem hat dieser Tisch des Verzeihens für mich nichts Magisches an sich.«

»Bald wirst du es entdecken«, entgegnete Luca mit

rätselhaftem Lächeln. »Kennst du die Geschichte von dem Papagei, der ›Ich hab dich lieb‹ sagte?«

Sie schüttelte den Kopf. Dann trank sie ihre Tasse leer und wartete darauf, dass Luca zu erzählen begann. Der Titel der Geschichte gefiel ihr schon mal.

»Ich habe sie in dem Buch eines Kinderarztes gelesen, der auch Schlaflieder für Kinder aufgenommen hat.

Die Hauptfigur der Geschichte ist ein Mädchen namens Beatrix, genannt Trixi. Ein Mädchen, das seine Mutter verloren hat und deren Vater aus Kummer von früh bis spät arbeitet. Nach dem Tod seiner Frau hat er sich in sich selbst verkrochen und vernachlässigt seine Tochter, die traurig und einsam aufwächst. Ihre Mitschüler nennen sie ›die trübe Trixi‹, weil sie nie Lust hat, bei ihren Spielen mitzumachen.

Jeden Morgen sitzen Vater und Tochter schweigend beim gemeinsamen Frühstück. Der Vater schaut sich die Fernsehnachrichten an, und anschließend düst er ab ins Büro. Abends kommt er immer erst nach Hause, wenn Trixi schon schläft.

Das Mädchen fragt sich, ob ihr Vater sie überhaupt liebt oder ob sie vielleicht nur durch Zufall auf der Welt ist. Sie leidet darunter, dass er sie nie in die Arme nimmt, ihr nie einen Kuss gibt oder etwas Nettes zu ihr sagt. Entweder ist er sehr schüchtern, genau wie sie, oder ihn interessiert wirklich nur, ob sie ihre Hausaufgaben gemacht und ihr Schulbrot eingesteckt hat.

In Trixis Leben gleicht ein Tag dem anderen, bis zu dem Morgen, als ein Papagei auf der Wäscheleine vor ihrem Fenster sitzt. Als der Vogel auch noch ins Zimmer geflogen kommt, bittet Trixi ihren Vater darum, ihn behalten zu dürfen. Der Vater ist zwar ein reservierter Mensch, aber dennoch um seine Tochter bemüht, und so besorgt er einen Käfig und erlaubt dem Mädchen, den Papagei in ihrem Zimmer zu halten. Trixi spricht dem Vogel nun jeden Nachmittag, wenn sie von der Schule kommt, Wörter vor, die dieser fleißig wiederholt.

Eines Morgens geschieht etwas Merkwürdiges. Als Trixi aufwacht, begrüßt der Papagei sie mit den Worten ›Ich hab dich lieb‹. Das Mädchen ist völlig verdutzt und fragt sich, ob er das vielleicht bei einem Nachbarn im Fernsehen, in irgendeiner Seifenoper, aufgeschnappt hat.

Auch am nächsten Morgen sagt der Papagei wieder ›Ich hab dich lieb‹, und wieder wundert sich Trixi. Sie weiß genau, dass sie ihm diesen kleinen Satz nicht beigebracht hat.

Als der Papagei auch am dritten Morgen ›Ich hab dich lieb‹ flötet, beschließt sie, der Sache auf den Grund zu gehen. Auch kommt es ihr sehr sonderbar vor, dass der Vogel ihr immer nur morgens eine Liebeserklärung macht, während er ansonsten alles nachplappert, was sie ihm Tag für Tag beibringt.

Noch bevor ihr Vater ins Büro aufbricht, erzählt sie ihm von dem Rätsel und fragt ihn, ob er es sich irgendwie erklären könne. Statt zu antworten, läuft der Vater rot an und eilt mit seiner Aktentasche unterm Arm aus dem Haus. Da fällt es Trixi wie Schuppen von den Augen, und sie bricht in Tränen aus – diesmal jedoch vor Glück. Sie weiß jetzt, dass der Papagei jeden Morgen wiederholt, was er abends gehört hat, die Worte nämlich, die der Vater jeden Abend, wenn er nach Hause kommt und in Trixis Zimmer geht, zu seiner schlafenden Tochter sagt.«

Der Kinderflohmarkt

Auf dem Nachhauseweg sah Iris schon von weitem ein mattes Licht am Eingang ihres Wohnblocks schimmern. Als sie näher kam, erkannte sie zwei kleine Campinglampen, die einen von Kindern aus ihrem Haus veranstalteten Flohmarkt beleuchteten. Auf ein paar alten Teppichen lagen elektronische Spielsachen, Puppen, Miniaturautos und sogar CDs.

Iris beugte sich hinunter und begutachtete die Ware.

»Wie kommt es, dass ihr noch um diese Zeit hier draußen steht?«, fragte sie die kleinen Verkäufer.

Ein sommersprossiger Junge, der in der Wohnung über ihr wohnte, antwortete mit ernster Miene:

»Unsere Eltern erlauben uns, den Markt bis neun Uhr abends zu öffnen. Danach müssen wir alles zusammenräumen und ins Bett.«

»Tolle Idee«, entgegnete Iris lächelnd, »aber wäre es nicht besser, den Flohmarkt am Samstagmorgen zu machen? Da kommen doch mehr Kinder vorbei.«

»Das hier ist der Nachtflohmarkt«, erklärte ein pummeliges Mädchen aus demselben Haus. »Den machen wir jeden ersten Mittwoch und Donnerstag im Monat. Wir fangen an, wenn wir von der Schule kommen, und hören um neun Uhr abends auf.«

Iris ließ ihren Blick noch einmal über das Warenangebot schweifen und entdeckte dabei eine kleine Pappschachtel mit Wechselgeld.

»Verkauft ihr viel?«, fragte sie.

Das Mädchen schaute zu ihren beiden Kameraden, die nicht wussten, was sie sagen sollten, und mit den Schultern zuckten.

»Ich werde euch diese CD hier abkaufen«, verkündete Iris und griff nach der CD-Version einer alten Rolling-Stones-Platte. »Wie ist die denn hierhergekommen?«

»Mein Vater hat sie doppelt«, erklärte der Junge, der zuerst gesprochen hatte.

Iris erkundigte sich nach dem Preis, aber die Kinder schwiegen. Dann steckten sie die Köpfe zusammen und tuschelten, bis das Mädchen schließlich die Rolle der Sprecherin übernahm und einen sehr bescheidenen Preis nannte. Von dem Geld würden sie sich höchstens ein paar Süßigkeiten kaufen können.

Trotzdem konnten die Betreiber des Nachtflohmarkts ihre Freude nicht verbergen, als sie die Münzen entgegennahmen. Ihre Gesichter strahlten regelrecht.

In ihrer Wohnung angekommen, wo Pirat sich vor Freude fast überschlug, legte Iris die gerade erstandene CD auf und wählte ihr Lieblingsstück:

It is the evening of the day
I sit and watch the children play
*Doin' things I used to do … ***

Sie fand, es war ein witziger Zufall, dass die alte Stones-Ballade ausgerechnet von etwas handelte, was sie gerade unten vor ihrem Haus erlebt hatte. Ihr war gewissermaßen der dazu passende Soundtrack in die Hände gefallen.

Pirat lief aufgeregt durchs Zimmer und sprang immer wieder an ihr hoch. Schließlich schnappte er sich selbst seine Leine vom Sofa und kam damit zurückgelaufen. Iris zog sich wieder den Mantel an, um mit ihrem kleinen Freund eine abendliche Runde zu drehen, bevor sie sich etwas zu essen machte.

Auf dem Weg zur Tür sagte sie sich, dass sie doch nicht so allein war, wie sie glaubte. Im Café erwartete sie ihr geheimnisvoller Freund, und zu Hause würde sie in Zukunft täglich ein Hund willkommen heißen, mit dem sie ihr Leben teilte.

Iris war noch nicht ganz aus der Tür, da klingelte das Telefon. Mit aller Gewalt musste sie Pirat zurückhalten, der so kräftig an der Leine zog, dass sie fast das Gleichgewicht verlor. Zu ihrer Überraschung war Olivier am Apparat.

»Kann ich dich morgen Abend sehen?«, fragte er ohne Umschweife, wie Kinder es tun.

---

* Der Tag geht zu Ende/Ich sitze da und sehe den Kindern beim Spielen zu/Sie tun dieselben Dinge wie ich früher …

Von dem unverblümten Angebot überrascht, brauchte Iris eine Weile, bis ihr eine Antwort einfiel.

»Muss Pirat denn noch eine Impfung kriegen?«, fragte sie. »Eigentlich ist das ja nicht gerade die passende Uhrzeit, um …«

»Nein, ich will nicht Pirat sehen«, unterbrach Olivier sie, »sondern dich. Ich würde dich gern zum Essen einladen.«

Luca hatte also recht gehabt. Offenbar war sie es jetzt, die Olivier zu Hilfe kommen musste. Eigentlich wollte sie seinem Wunsch nur nicht sofort nachgeben, aber ihre Antwort fiel ziemlich kategorisch aus:

»Tut mir leid, aber ich kann nicht.«

»Vielleicht an einem anderen Tag?«

»Belassen wir es lieber dabei, Olivier. Und übrigens finde ich es nicht ganz in Ordnung, dass du die Telefonnummer einer Hundehalterin zum Anbändeln benutzt.«

Iris wunderte sich selbst über ihre Worte und merkte, dass sie zu hart reagiert hatte.

»Vielleicht können wir ja ein andermal Kaffee trinken gehen«, schickte sie deshalb rasch hinterher, »und bei der Gelegenheit sagst du dann Pirat hallo.«

»Verlass dich drauf.«

»Ich habe nur vielleicht gesagt.«

»Das Wort gefällt mir«, sagte Olivier, der mit den Jahren eindeutig redseliger geworden war. »Es bedeutet, alles kann passieren.«

Nach dem überraschenden Anruf ließ sich Iris von Pirat zur Straße hinunterziehen, wo die kleinen Flohmarktverkäufer sofort ihren Stand im Stich ließen, um den Hund zu streicheln.

Iris musterte wieder das von den beiden Campinglampen beleuchtete Warenangebot, und da kam ihr eine Idee.

»Nehmt ihr auch Spenden für euren Flohmarkt an?«

»Wie meinst du das?«, fragte das pummelige Mädchen.

»Ich meine, ich könnte euch ein paar Sachen geben, die ich nicht mehr brauche, und ihr bietet sie zum Kauf an.«

Der Junge mit den Sommersprossen ließ von Pirat ab und drehte sich zu Iris um.

»Ja, gut«, sagte er. »Wir geben dir die Hälfte von dem, was wir damit einnehmen … falls wir was einnehmen.«

»Ach was, das braucht ihr nicht«, antwortete Iris. »Ihr tut mir sogar einen Gefallen, wenn ihr mich von den Sachen befreit.«

Die Kunst des Haiku

Als Iris am fünften Tag in Folge das magische Café betrat, erwartete Luca sie bereits. Er goss gerade aus einer gusseisernen Teekanne eine grünliche Flüssigkeit in eine kleine, henkellose Tasse.

Zum ersten Mal, seit Iris ihn kannte, stand kein Kakao auf dem Tisch.

Als Luca sie kommen sah, füllte er langsam eine zweite Tasse. Der Strahl traf mit dem sanften, anheimelnden Geräusch eines plätschernden Springbrunnens auf dem Boden der Porzellanschale auf.

Iris setzte sich und nahm die Schale in beide Hände, um sich aufzuwärmen.

»Ist dieser Tisch für Teezeremonien reserviert?«, fragte sie Luca.

»Nicht nur«, antwortete dieser und sog den Duft ein, der aus seiner Tasse aufstieg. »Du weißt ja, jeder Tisch hat magische Eigenschaften. Deshalb dürfen wir uns von diesem hier etwas mehr erhoffen als nur eine Tasse Tee.«

»Und welcher Zauber erwartet uns heute?«, fragte Iris und legte beide Hände auf den alten Holztisch.

»Dieser Tisch macht alle, die an ihm sitzen, zu Dichtern.«

Luca hatte diesen Satz so ernst gesagt, dass Iris beinahe laut aufgelacht hätte. Aber sie hielt sich zurück, um das herrliche Spiel, das am schrecklichsten Sonntag ihres Lebens begonnen hatte, nicht zu verderben.

»Und was, wenn ich schon eine Dichterin bin?«, fragte sie provozierend.

»Genau darum geht es. Jeder Mensch ist von Natur aus ein Poet, nur haben die meisten es vergessen. Dieser Tisch ruft die dichterischen Fähigkeiten des Menschen wieder wach, die man durchaus mit Grundbedürfnissen wie Essen, Trinken oder Schlafen vergleichen kann.«

»Oder Küssen.«

Augenblicklich bereute Iris ihre forschen Worte. Ihr Unterbewusstsein hatte sie verraten, hatte einen Wunsch ans Licht gebracht, noch bevor ihr Bewusstsein zensierend hatte eingreifen können. Ihren Tischgenossen aber schien das nicht im Mindesten zu schockieren.

»Poesie ist im Grunde eine Art, das Leben zu küssen. Wir mögen von Schönheit umgeben sein, aber wenn wir uns nicht auf sie einlassen, bleibt unser Verhältnis zu ihr ziemlich oberflächlich. So wie zwei Liebende ihr Verlangen nacheinander steigern, will auch die Schönheit von ihrem Gegenüber erkannt werden, um all ihre Reize entfalten zu können.«

»Ich verstehe nicht ganz, worauf du hinauswillst. Was hat das alles mit diesem Tisch zu tun?«

Luca trommelte mit Zeige- und Mittelfinger auf der Tischplatte, als wollte er ankündigen, was nun folgte.

»Das wirst du gleich sehen. Dieser Tisch wird dich in die Kunst der Haiku einführen. Weißt du, was ein Haiku ist?«

Noch bevor Iris antworten konnte, zog Luca einen kleinen Zettel und einen Stift aus seiner Jackentasche und legte beides behutsam vor sie auf den Tisch. Dann griff er wieder nach der Teekanne, um ihnen beiden Tee nachzugießen.

»Ich weiß nur, dass Haikus eine Art japanische Gedichte sind«, antwortete sie. »Aber ist dieser Zettel nicht viel zu klein? Da passt ja fast nichts drauf!«

»Er ist so groß wie eine Visitenkarte.«

»Das meine ich ja. Was soll ich auf eine so winzige Fläche schreiben?«

Luca schien mit dieser Frage gerechnet zu haben.

»Weißt du, was ein berühmter nordamerikanischer Investor einmal gesagt hat?«, erwiderte er. »Als er gefragt wurde, worauf er besonders achte, wenn er die Finanzierung eines Projekts erwäge, antwortete er: »Ich glaube an keine Idee, die nicht auf die Rückseite einer Visitenkarte passt.« Damit wollte er sagen, dass ein Projekt, das man erst wortreich erklären muss, wahrscheinlich nicht besonders gut konzipiert ist.«

»Eine brillante Antwort. Aber was hat sie mit Poesie zu tun?«

»Viel, um nicht zu sagen, alles. Die Kunst des Haiku, die zugleich auch eine Form der Lebenskunst

74

ist, besteht eben gerade darin, mit wenigen Worten viel zu sagen. Normalerweise machen die Leute genau das Gegenteil. Deshalb geht uns das Leben ja manchmal so auf die Nerven.«

»Wie meinst du das?«

»Wir neigen dazu, viele Worte, viele Mittel, viel Zeit für Nichtigkeiten aufzuwenden. Beim Schreiben von Haikus lernt man, die Schönheit der Welt auf ihr tieferes Wesen zu reduzieren. Wer diese Kunst beherrscht, wird jedes Stückchen Leben wie eine köstliche Delikatesse genießen.«

»Hört sich schwierig an. Was soll ich denn auf den Zettel schreiben?«, fragte Iris und schaute ratlos auf Stift und Papier. »Ich weiß nicht mal, wie man ein Haiku verfasst!«

Als hätte er auch mit dieser Reaktion gerechnet, wechselte Luca einen Blick mit dem Zauberer, der daraufhin seine Arbeit an der Bar unterbrach, um in einem Regal nach einer CD zu suchen. Als er sie gefunden hatte, schob er sie in den CD-Player, und ein langsames Klavierintro erklang.

Das melancholische Stück von Nikosia hatte Iris schon einmal gehört, aber nicht auf den Text geachtet:

If you want to learn the art of haikus
sit down
life is what happens beyond you

take pen and white paper if you want to
your hands
*are also a canvas or two.**

Als erneut Klavierklänge ohne Gesang den Raum füllten, dachte Iris, dass sie selbst nicht auf ihre Handflächen zu schreiben brauchte, da Luca ihr ja den kleinen Zettel mitgebracht hatte. Ihr Problem war eher, dass sie nicht wusste, was sie schreiben sollte.

Das auf eigenartige Weise harmonische Lied, in dem jetzt wieder die weibliche Stimme zu hören war, gab ihr die Antwort:

right now catch a view, a feeling
three lines
is all you need to depict it

feel how all things flow in the same river
your life
*is a raindrop you deliver.***

---

* Willst du die Kunst des Haiku erlernen/so setz dich hin/ Leben ist das, was jenseits von dir passiert/nimm Stift und weißes Papier, wenn du willst/auch deine Hände/sind ein oder zwei Schreibflächen.
** Fang hier und jetzt einen Blick, ein Gefühl ein/drei Zeilen/genügen, um sie zu beschreiben/spür, wie alles im selben Strom dahinfließt/dein Leben/ist ein Regentropfen, den du beiträgst.

Damit endete die musikalische Einführung in die Kunst des Haiku. Während die Schlusschöre des Liedes erklangen, grübelte Iris wieder darüber nach, was sie schreiben sollte, um ihren Tischgenossen nicht zu enttäuschen.

Luca musste ihr die Anstrengung angesehen haben. Seine Teetasse blieb auf halbem Weg zum Mund in der Luft stehen.

»Du brauchst es nicht jetzt gleich zu verfassen«, sagte er. »Dieser Tisch lädt dich nur zum Dichten ein. Entspann dich, und das Haiku wird selbst den Weg ans Licht finden.«

»Tja, wenn das so einfach wäre«, seufzte Iris. »Ich weiß zwar, was ich ausdrücken möchte, aber ich weiß nicht, wie. Ich werde es dir sagen: Ich habe mich verliebt.«

Der Italiener nahm ihr Geständnis mit einem Gleichmut auf, der Iris zur Verzweiflung brachte. Sie hatte gehofft, er werde sofort fragen, in wen sie sich denn verliebt habe. Dann hätte sie ihm ihr Herz ausschütten und ihm ihre Gefühle offenbaren können, die zu unterdrücken ihr von Tag zu Tag schwerer fiel. Luca aber lächelte nur schweigend, als wollte er nichts weiter von ihr als drei kurze Verse auf einem Stückchen Papier.

»In Ordnung«, sagte Iris seufzend, »ich werde versuchen, dieses Haiku zu schreiben.«

Was das Leben erleichtert

Während Iris mit Pirat durch den Abend spazierte, plagten sie widersprüchliche Gefühle. Eigentlich, sagte sie sich, müsste sie mit den jüngsten Veränderungen in ihrem Leben zufrieden sein. Nicht nur hatte sie jemanden kennengelernt, der ihr alles beibrachte, was sie zum Leben brauchte, sie hatte in Pirat auch einen kleinen Freund gefunden, dem sie viel Liebe schenken konnte. Überdies war ihre einstige Flamme aus der Vergangenheit aufgetaucht und rief sie ständig an.

Aber all das genügte ihr nicht. Sie war innerlich aufgewühlt und wollte im Grunde nur eins: sich in Lucas Arme werfen. Und doch ahnte sie, dass das nicht möglich war. Sie hatte zwar nicht den Eindruck, dass er verheiratet oder in festen Händen sei, aber es gab da etwas, was sie mit dem Verstand nicht erklären konnte und was ihr sagte, dass ihre Sehnsucht nicht erfüllt werden würde.

Eigentlich hatte sie, als sie nachmittags nach Hause gekommen war, ihre gemischten Gefühle in einem Haiku festhalten wollen, aber der Zettel war noch genauso leer, wie sie ihn von Luca bekommen hatte.

In ihre Grübeleien vertieft, kam sie am Kinderflohmarkt vorbei, wo einer der Jungen sie an ihr Versprechen erinnerte:

»Du hast gesagt, du hättest etwas, das du uns geben willst. In einer Stunde packen wir alles zusammen und machen erst nächsten Monat wieder einen Stand.«

»Stimmt ja«, sagte Iris und wuschelte dem kleinen Verkäufer liebevoll durchs Haar. »Wenn ihr mit in meine Wohnung raufkommen wollt, gebe ich euch ein paar Sachen für euren Flohmarkt.«

»Ich will mit hoch!«, rief das Mädchen.

Aber auch ihre beiden Freunde wollten Iris begleiten, und im Handumdrehen zankten sich alle drei darum, wer am Stand zurückbleiben müsse, während die anderen beiden in die Wohnung hinaufgingen.

»Pirat passt auf euren Stand auf«, entschied Iris. »Auch wenn sein Name vielleicht nicht unbedingt vertrauenerweckend klingt, wird er sicher einen guten Wachhund abgeben.«

Der Hund schien sofort zu begreifen, was von ihm verlangt wurde. Er setzte sich auf einen der Teppiche, mitten zwischen die Spielsachen, und bellte ein paarmal zur Abschreckung möglicher Diebe.

Von der Zuverlässigkeit des vierbeinigen Aufpassers überzeugt, liefen die drei Kinder vergnügt mit hoch zu Iris' Wohnung.

Als Iris die Tür aufschloss und Licht machte, hatte sie das Gefühl, ihre Wohnung zum ersten Mal nach langer Zeit wiederzusehen. Von der Haikuphilosophie inspiriert, fragte sie sich, wie sie die vielen Sachen, die sie bei sich aufbewahrte, auf das Wesentliche reduzieren könnte, was davon den Wert ihres Lebens steigerte und was ihn schmälerte.

Viele der rein dekorativen Gegenstände hatten ihren Eltern gehört. Die brauchte sie alle nicht mehr. Sie waren nur noch Anker, die sie daran hinderten, den Hafen des Schmerzes zu verlassen.

»Nehmt mit, was euch gefällt«, sagte sie zu den Kindern und fasste einen Entschluss. »Ich will die meisten dieser Erinnerungen loswerden.«

Das Mädchen zögerte eine Weile, dann griff es nach einem kleinen metallenen Eiffelturm, jenem Wahrzeichen, das die Familie vor Jahren bei einer Weihnachtsreise nach Paris besichtigt hatte. Der Junge mit den Sommersprossen suchte sich eine alte Flöte aus, auf der Iris' Vater gespielt hatte, als sie selbst noch klein war. Der andere Junge nahm sich ein hübsches Kästchen, in dem ihre Mutter immer die Spielkarten aufbewahrt hatte, mit denen sie Patiencen legte.

Seltsamerweise fühlte sich Iris wie befreit, als sie sah, wie die Kinder die erinnerungsbeladenen Gegenstände an sich nahmen. Sie beschloss, in den kommenden Wochen so gründlich mit ihrer Vergangenheit aufzuräumen, dass nur noch die Dinge übrigblieben, die ihr das Leben erleichterten.

Gemeinsam mit den Kindern ging sie wieder hinunter, um Pirat abzuholen, dann kehrte sie mit dem Hund in die Wohnung zurück und stellte dem tapferen Aufpasser zur Belohnung frisches Wasser und Futter hin.

Sie nahm sich den erstbesten Joghurt aus dem Kühlschrank und setzte sich mit dem noch immer blütenweißen Zettel in der einen und einem Stift in der anderen Hand aufs Sofa.

Aber das Haiku wollte einfach nicht entstehen.

Eine endlose Gegenwart

»Mein Leben ist absolut unwichtig, glaub mir«, sagte Luca, der es an diesem Freitagabend zum ersten Mal eilig zu haben schien.

»Du weißt so viel über mich«, entgegnete Iris. »Mehr als irgendjemand sonst. Deshalb ist es nur logisch, dass ich auch etwas über dein Leben erfahren will.«

»Ich fürchte, es würde dich enttäuschen.«

»Ob ich enttäuscht bin, musst du mir überlassen, glaubst du nicht?«

Luca gab ihr mit einem Nicken recht.

»Okay. Also, ich wüsste gern, was für einer Arbeit du nachgehst.«

»Zurzeit habe ich Urlaub.«

»Urlaub? Im Januar?«

»Sagen wir so: Ich hatte mir schon lange nicht mehr ein paar Tage freigenommen.«

»Wohnst du hier in der Nähe?«

»Ich wohne hier! Siehst du mich nicht andauernd in diesem Café sitzen?«

Iris verzog genervt den Mund.

»Meine Frage war ernst gemeint«, sagte sie. »Willst du mir nicht verraten, ob du in diesem Viertel wohnst?«

»Ich hatte hier in der Nähe ein kleines Restaurant. Das *Capolini*. Es existiert aber nicht mehr.«

»*Capolini*. Bedeutet das etwas Bestimmtes?«

»Das ist mein Nachname.«

»Irgendwie kommt mir der Name bekannt vor. Vielleicht habe ich schon mal dort gegessen. Wo lag denn das Restaurant?«

»Das spielt jetzt keine Rolle mehr.«

»Und was ist passiert? Warum musstest du schließen?«

»Ich wurde anderswo gebraucht.«

Beide schwiegen.

»Warum sprichst du so ungern über dich selbst?«, fragte Iris schließlich.

»Das habe ich dir eben gesagt: Ich würde dich enttäuschen. Und dich enttäuschen, ist das Letzte, was ich will.«

Iris starrte eine Weile nachdenklich vor sich hin, dann setzte sie sich über Lucas Verweigerung hinweg und bohrte weiter.

»Wir sitzen also am Tisch des Schweigens?«, fragte sie.

»Nicht ganz.«

»Was ist denn das Besondere an Tisch Nummer sechs?«

Iris wünschte sich die Vertrautheit zurück, die in den vergangenen Tagen zwischen ihnen geherrscht hatte.

»Es ist ein geheimer Tisch«, erklärte Luca, und leichte Traurigkeit legte sich über seine Augen. »Ich darf dir nicht erzählen, worin sein Zauber besteht. Du wirst es im richtigen Moment entdecken.«

»Offenbar darf ich heute gar nichts erfahren. Was tue ich dann hier mit dir? Warum sitzen wir hier in diesem verstaubten Café?«

»Du weißt doch: Am schönsten auf der Welt ist es gleich hier«, sagte der Italiener nur. Er schien sich plötzlich unbehaglich zu fühlen.

Irgendetwas steckte hinter Lucas Verhalten, aber Iris hatte keine Ahnung, was. Noch etwas anderes machte sie stutzig, und das betraf das magische Café selbst. Obwohl Freitagnachmittag war, war die Hälfte der Tische leer. Und seit dem Vortag wirkten sowohl die Einrichtung als auch die Wände seltsam gealtert, als machte sich plötzlich bemerkbar, dass sie die Last vieler Jahre oder gar Jahrzehnte auf dem Buckel trugen. Die Scheiben in den zur Straße gelegenen Fenstern waren so zerkratzt, dass man kaum hindurchschauen konnte.

Hier gingen Dinge vor sich, die Iris nicht begriff. Etwas Entscheidendes blieb ihr verborgen.

Da kam der Zauberer am Tisch vorbei und klopfte ihr freundschaftlich auf die Schulter, als wüsste er bestens über alles Bescheid.

»Denken Sie dran«, flüsterte er ihr ins Ohr. »Es gibt Dinge, die vor allem der Gegenwart angehören.«

Der Satz verwirrte Iris noch mehr. Sie hatte das Gefühl, von Mal zu Mal weniger zu begreifen, was eigentlich los war. Dennoch klammerte sie sich an den

Satz des Zauberers und versuchte, das Beste aus dem Nachmittag zu machen.

»Du musst mir dabei helfen, eine Sache herauszufinden«, sagte sie zu Luca. »Wie ich inzwischen gelernt habe, bezieht sich unser Denken immer auf Vergangenes oder Zukünftiges, stimmt's?«

»Richtig. Denken bedeutet, sich von der Gegenwart zu lösen, um in den Wassern der Vergangenheit oder der Zukunft zu fischen. Erleben dagegen ist immer etwas Gegenwärtiges. Das ist das ganze Geheimnis.«

»Deine Theorie ist ja schön und gut, aber ich wüsste gern, welche der Dinge, die wir erleben, vor allem der Gegenwart angehören. Essen zum Beispiel?«

»Das bezweifle ich. Schmecken ist zwar etwas Gegenwärtiges, aber wenn man das Essen als Gesamtheit betrachtet, gehören seine Zubereitung der Vergangenheit und seine Verdauung der Zukunft an.«

»Also muss man, um die Gegenwart zu spüren, etwas erleben, das so intensiv ist, dass man den Blick weder in die Zukunft noch in die Vergangenheit zu richten braucht.«

»Ja, so ungefähr. Etwas, bei dem die Zeit stillsteht, bei dem man die Gegenwart als endlos empfindet.«

»Jetzt müsste man nur noch wissen, was das ist«, sagte Iris.

»Nach einer solchen Erfahrung suchen die Mystiker seit Jahrhunderten«, erwiderte Luca. Er schien gespannt auf das, was Iris als Nächstes sagen würde.

»Aber man weiß ja, wie wir Menschen sind«, fuhr diese fort, plötzlich ganz souverän. »Wir suchen in der

Ferne, was direkt vor uns liegt. Vielleicht ist das die Magie dieses Tisches. Ich dagegen glaube, ich habe entdeckt, wie die Zeit sich anhalten lässt.«

»Tatsächlich?«

»Ich weiß, welche Art Magie vor allem der Gegenwart angehört.«

Sie nahm Lucas Kopf in beide Hände und näherte sich seinem Gesicht, bis sich ihre Lippen trafen. Der Kuss mochte nur einige Sekunden, vielleicht auch Minuten dauern, doch beide spürten, dass sie in einer endlosen Gegenwart versanken.

Wie man ein Liebeshaiku schreibt

Als Iris am Samstagmittag aufstand, nahm sie sich fest vor, ein Haiku zu schreiben und es Luca vorbeizubringen, sobald es fertig war.

Sie hoffte, das Gedicht werde die Liebe besiegeln, die sich am vergangenen Nachmittag zwischen ihnen gezeigt hatte.

Nach einem leichten Frühstück setzte sie sich aufs Bett und schlug das Handbuch über die Kunst des Haiku auf, das sie sich besorgt hatte.

Albert Liebermann, der Verfasser, erklärte, ein Haiku bestehe aus drei kurzen Versen, die einen bestimmten Augenblick festhalten. Es handle sich um eine Gedichtform, bei der alltägliche Dinge angesprochen würden, sei es aus der Natur oder aus dem städtischen Umfeld des Dichters. Das Haiku könne auch ein Gefühl oder eine Gemütsverfassung einfangen.

Die Vorgaben waren klar, brachten Iris jedoch ihrem Ziel nicht näher, da sie seit ihrer Kindheit keine Gedichte mehr geschrieben hatte. Waren ihr die dichterischen Fähigkeiten abhandengekommen, mit denen Luca zufolge jeder Mensch geboren wurde?

Sie vertiefte sich wieder in Liebermanns Handbuch und erfuhr, dass die Kunst des Haiku größte Schlichtheit anstrebt. Dass der Dichter sein Werk mit klaren Pinselstrichen, ohne Kunstgriffe oder Schnörkel, schaffen soll.

Bevor sie ihre eigenen Worte auf Lucas Zettel brachte – inzwischen hatte sie ihren Bleistift gegen einen Füllfederhalter eingetauscht –, las Iris einige der im Buch abgedruckten Haikus. Eines von Kitō gefiel ihr besonders gut:

> *Die Nachtigall*
> *kommt an manchen Tagen gar nicht,*
> *an anderen zweimal.*

Unter den klassischen Vertretern dieser Versform fiel ihr Issa auf, der so merkwürdige Haikus geschrieben hatte wie das folgende:

> *Es tritt*
> *vor das werte Publikum*
> *die Kröte aus diesem Gestrüpp.*

Lächelnd stellte sich Iris die Szene vor. Dann wandte sie sich, von einer strahlenden Januarsonne beschienen, wieder Papier und Stift zu.

Plötzlich hatte sie das Gefühl, als werde beim Verfassen eines Haiku alles andere überflüssig. Weniger war mehr.

Sie zog Pyjama und Unterwäsche aus und setzte sich nackt aufs Bett. Die Beine überkreuz, die Sonne als Verbündete, fühlte sie sich bereit, die Verse hervorzubringen.

Sie dachte an die Worte, mit denen ein Dichter namens Bashō die Kunst des Haiku einmal beschrieben hatte: »Haiku ist das, was in diesem Moment an diesem Ort geschieht.«

Dann wanderten ihre Gedanken wieder zu Luca, und es durchlief sie heiß. Luca nahm in ihrem Leben schon einen derart großen Raum ein, dass sie ihn, wenn sie sich von allem anderen löste, zugleich in sich und außerhalb ihrer selbst spürte.

In der wärmenden Sonne begriff Iris, dass sie bloß ganz bescheiden den Akt des Haiku-Dichtens für den geliebten Menschen wiederzugeben brauchte. Als die Feder endlich auf dem Papier aufsetzte, begann ihr Herz zu klopfen. Sie schrieb:

Rechts die Feder.
Links das Herz.
Und du überall.

Der sechste Tisch

Iris zog sich das Schönste an, was sie im Kleiderschrank finden konnte, und verließ die Wohnung mit dem Haiku in der einen und der Uhr, die der Zauberer ihr geschenkt hatte, in der anderen Manteltasche.

Wie jeden Samstag um diese Zeit waren die Straßen ihres Viertels leer gefegt, da die Familien um den Mittagstisch saßen. Sie selbst war auf dem Weg zu dem Menschen, der nun neben Pirat ihre Familie und ihr Leben war.

Sie überquerte die Brücke, lief weiter die Straße entlang und freute sich, als sie das Schild des Cafés erblickte. Die Tür stand offen. Je näher sie kam, desto langsamer ging sie, um das Glücksgefühl beim Gedanken daran, gleich in jene verborgene Welt einzutauchen, noch zu steigern.

Doch als sie durch die Tür trat, sah sie, dass kein einziger Gast im Café saß. Nur der Zauberer war hinter der Theke zugange. Fest entschlossen, auf Lucas Kommen zu warten, ließ Iris ihren Blick über die sechs Tische wandern. Sie hatte bereits an allen gesessen und wusste nun nicht so recht, welchen sie heute wählen sollte.

Sie ging zur Theke, lehnte sich dagegen und blieb unschlüssig stehen. Irgendwie fürchtete sie, die Magie der letzten Tage zu zerstören, wenn sie sich ein zweites Mal an denselben Tisch setzte. Hypnotisiert von all den einzigartigen Momenten, hatte sie wieder das Gefühl, in einer endlosen Gegenwart zu sein, obwohl niemand außer ihr das Café betreten hatte.

Der Zauberer beobachtete sie aus den Augenwinkeln, während er Flaschen aus den Regalen nahm und sie in Kisten stellte, bevor er das Gleiche mit den Gläsern und dem Geschirr tat.

Als sie aus ihren Tagträumen erwachte, merkte Iris, dass der Zauberer dabei war, alles wegzuräumen, was die Theke zu einer Theke machte, und dass diese sich mehr und mehr in ein nutzloses Einrichtungselement verwandelte.

»Schließen Sie das Café?«, fragte sie.

»Mir bleibt nichts anderes übrig«, erwiderte der Mann.

»Aber warum denn? Gäste haben Sie doch genug.«

»Auf die Zahl der Gäste kommt es nicht an, sondern darauf, was die Gäste hier suchen.«

Iris schwieg verwirrt. Nachdenklich zog sie die Uhr aus der Manteltasche.

»Sie geht nicht«, sagte sie zu dem Zauberer. »Schade, sie ist nämlich sehr schön.«

»Doch, sie geht. Allerdings anders, als Sie es erwarten«, erwiderte dieser, während er eine der Kisten schloss. Er wirkte auf einmal gealtert.

Unvermittelt überkam Iris ein Gefühl von Vergänglichkeit und Traurigkeit darüber, dass sie nichts festhalten konnte von dem, was um sie herum geschah.

»Sie haben mir nie Ihren Namen genannt«, sagte sie.

Der Zauberer unterbrach seine Arbeit, als müsste er erst überlegen, wie er hieß.

»Der Name eines Zauberers ist unwichtig«, sagte er schließlich. »Das Einzige, was zählt, ist, ob seine Vorführung etwas taugt. Das ist es, was das Publikum in Erinnerung behält, und uns bleibt der Schlussapplaus.«

Als er mit dem Kistenpacken fertig war, kam er um die Theke herum und stand nun dem fragenden Blick seines einzigen Gastes gegenüber. Iris machte keine Anstalten, sich von der Stelle zu rühren.

Ein wenig mitleidig sah er sie an.

»Es hat keinen Sinn, auf ihn zu warten«, sagte er. »Er wird nicht kommen.«

»Warum?«, fragte Iris erschrocken.

»Der gestrige Tisch war der Abschiedstisch. Die Gäste, die dort sitzen, sehen sich nie mehr wieder.«

ZWEITER TEIL

Das Ticken des Lebens

Ein Fluss der Traurigkeit
strömt ins Meer

Auf dem Nachhauseweg musste Iris ununterbrochen an Luca denken, der zum ersten Mal nicht im Café erschienen war. Sie war wütend auf ihn, obwohl es dafür gar keinen Grund gab, schließlich hatten sie kein Treffen verabredet. Aber an den anderen Tagen hatten sie das auch nicht getan, und trotzdem hatte er jedes Mal im Café auf sie gewartet.

Wesentlich verständlicher als diese Wut fand Iris dagegen ihre Traurigkeit. Obwohl sie es sich nicht eingestehen mochte, war ihr der bloße Gedanke, Luca womöglich nie mehr wiederzusehen, absolut unerträglich.

Eine Zeitlang lief sie ziellos durch die leeren Straßen ihres Viertels. Das sonnige Wetter beschwingte sie nicht mehr, und die Stille des frühen Nachmittags wirkte jetzt bedrückend.

Zu Hause begrüßte sie Pirat, ließ seine Freudensprünge über sich ergehen und zog sich den Mantel aus. Dann verschanzte sie sich im Badezimmer. Sie musste heiß duschen, um sich zu entspannen. Und um zu weinen.

Das Weinen unter der Dusche hatte sie sich als Jugendliche angewöhnt, sie hatte es immer dann getan, wenn sie sich von ihren Eltern unverstanden fühlte. Die Jugendjahre waren verstrichen, aber die Angewohnheit war geblieben.

Iris begann also mit ihrem alten Ritual gegen die Verzweiflung: Sie drehte den Hahn auf, wartete, bis das Wasser heiß war, stellte sich unter den Strahl, schloss die Augen und ließ die Arme schlaff am Körper herunterhängen. Lange stand sie so da und dachte an all die Traurigkeit, die durch den Abfluss lief und wie ein Fluss ins Meer strömte. Sie malte sich aus, wie ihre Traurigkeit die Ozeane erreichte und wie alle Meerestiere, die ihr begegneten, plötzlich ein bisschen unglücklicher wurden.

Bei der Vorstellung Hunderter deprimierter Wale, Tausender Quallen, Delphine und Seehunde, die ihretwegen traurig waren, konnte sie auf einmal wieder lächeln, wenn auch nur zaghaft.

»Wenn Luca wüsste, woran ich denke, würde er mich für verrückt erklären«, sagte sie sich, kurz bevor sie den Wasserhahn wieder zudrehte.

Die Dusche hatte gewirkt, und Iris spürte, dass die Stunde der Entscheidung gekommen war. Sie hatte jetzt einiges zu erledigen.

Sie zog sich die Jogginghose an, die sie immer zu Hause trug, blätterte in ihrem Notizbuch und wählte auf gut Glück die Telefonnummer einer Immobilienagentur in ihrer Nähe. Als eine Frau sich meldete, wunderte sie sich, dass das Büro der Agentur an einem Samstag besetzt war.

»Ich hatte gar nicht damit gerechnet, jemanden anzutreffen«, sagte sie erstaunt.

»Ich arbeite erst seit einigen Wochen hier«, antwortete die Frauenstimme. »Noch kann ich mir nicht erlauben, samstags freizunehmen.«

Es entstand ein peinliches Schweigen, das die Mitarbeiterin durchbrach:

»Mein Name ist Ángela. Was kann ich für Sie tun?«

»Ich möchte meine Wohnung verkaufen.«

Iris hätte nie gedacht, dass es ihr so leichtfallen würde, diesen Satz auszusprechen. Bis zu diesem Moment war ihr nicht bewusst gewesen, dass sie die Entscheidung im Grunde schon vor Wochen getroffen hatte. Und zwar als sie nach dem Unfall ihrer Eltern in die leere und zugleich mit Erinnerungen überfrachtete Wohnung zurückgekehrt war. An dem Tag wusste sie, dass sie unmöglich weiter dort leben konnte. Aber sich etwas vorzustellen, ist das eine, es wirklich umzusetzen, etwas anderes.

Iris musste an Luca und die Geschichte von dem Soldaten im Brunnen denken. Auch sie machte jetzt in ihrer verzweifelten Situation die Erfahrung, dass sie beschenkt wurde. Das Geschenk war ihre Entscheidung.

Etwas begann sich in ihr zu verändern, ohne dass sie wusste, warum.

»Sehr gern, ich stehe Ihnen zu Diensten«, sagte Ángela. »Wann möchten Sie, dass ich vorbeikomme?«

»So bald wie möglich. Ginge es vielleicht noch heute?«

»Samstags ist das eher unüblich, aber egal, so

komme ich mal raus aus diesem langweiligen Büro. Wie wäre es in einer Stunde?«

»Ja, wunderbar. Dann bis gleich.«

Beschwingt legte sie auf.

Zufrieden angesichts dieses ersten Erfolgs drückte Iris auf die Taste ihres Anrufbeantworters. Die metallische Stimme verkündete, dass zwei neue Nachrichten sie erwarteten. Wie sie vermutet hatte, kamen beide von Olivier:

»Hallo, Iris. Ich wollte dich fragen, ob du Lust hast, wie geplant mit mir einen Kaffee zu trinken.« Es folgte eine kurze Pause, als überlegte sich Olivier eine passende Formulierung für die Fortsetzung. »Die Sache ist die: Je mehr ich an unser Wiedersehen nach so langer Zeit denke, umso merkwürdiger finde ich es. Ich wollte wissen, ob dir das auch so geht. Also dann«, seine Stimme stockte, »ruf mich doch einfach an. Tschüss!«

Iris verzog leicht das Gesicht und ging zur nächsten Nachricht über, die Olivier eine Stunde nach der ersten hinterlassen hatte und die sie am liebsten gleich gelöscht hätte.

»Ich hab mir überlegt«, kam es aus dem Apparat, »falls es dir lieber ist, könnten wir auch ins Kino gehen. Ich warte auf deinen Rückruf. Bis dann!«

Den vorletzten Satz ignorierte Iris und dachte stattdessen an etwas, was sie unbedingt noch erledigen wollte, bevor die Frau von der Immobilienagentur vorbeikam. Sie zog den Zettel mit dem Haiku aus ihrer Manteltasche, zerknüllte ihn und warf ihn im Badezimmer in den Mülleimer.

Die Versuchung, das Gleiche mit der Taschenuhr zu tun, war groß, aber im letzten Moment tat es ihr leid um das alte Ding, dessen Zeiger noch immer auf Punkt zwölf Uhr standen und das immer noch leise vor sich hin tickte.

Sie steckte die Uhr zurück in ihre Manteltasche, ging ins Wohnzimmer, legte eine CD ein, setzte sich aufs Sofa und schloss die Augen.

Allmählich fühlte sie sich besser.

Des einen Vergangenheit ist des anderen Zukunft

»Dürfte ich Sie fragen, warum Sie Ihre Wohnung verkaufen wollen?«, erkundigte sich Ángela, nachdem sie alle Räume besichtigt und dabei pausenlos Fotos gemacht hatte.

»Dieser Ort gehört der Vergangenheit an«, war Iris' ganze Antwort.

Die Maklerin kniff die Augen leicht zusammen.

»Des einen Vergangenheit ist des anderen Zukunft«, antwortete sie.

Ángela füllte ein Formular aus, in dem sie verschiedene Angaben zu den Eigenschaften der Wohnung, zu Preis und Besichtigungszeiten machte, und verpflichtete sich im Namen der Agentur, gleich damit anzufangen, Interessenten durch die Wohnung zu führen.

Als Ángela ging, drehte sie sich auf dem Treppenabsatz noch einmal um.

»Vielleicht könnte ich schon am Montag mit den ersten Interessenten vorbeikommen«, sagte sie. »In diesem Stadtteil sind die Wohnungen begehrt. Und solche wie Ihre gibt es nicht wie Sand am Meer.«

»Sie glauben also, es wird nicht schwer werden, Käufer zu finden?«

»Auf keinen Fall!«

Iris nickte zufrieden. So entschlussfreudig war sie noch nie gewesen; und dass sie es sogar schaffte, sich selbst zu überraschen, gefiel ihr.

Als Nächstes wollte sie nach irgendeiner Spur suchen, die sie zu Luca führen könnte.

Sie blätterte einen älteren Restaurantführer durch, hielt Ausschau nach einer Pizzeria *Capolini*, fand aber kein Lokal dieses Namens. Auch bei der Telefonauskunft konnte man ihr nicht weiterhelfen. Langsam begann sie zu befürchten, dass Luca sie in allem getäuscht hatte. Aber warum? Wozu? Wie ein Betrüger war er ihr absolut nicht erschienen.

Verwirrt von den jüngsten Ereignissen, beschloss Iris, ein wenig an die frische Luft zu gehen. Sie würde noch einmal in ihrem magischen Café vorbeischauen. Vielleicht war ja ein Wunder geschehen. In den letzten Tagen hatte sie vor allem eins gelernt: An diesem Ort war alles möglich. Daher fand sie den Gedanken gar nicht so abwegig, das Café unter Umständen wieder genauso vorzufinden wie beim ersten Mal, mit dem flackernden Schild über der Tür und ihrem Freund, dem Zauberer, der hinten im Raum, die Arme auf die Theke gestützt, auf Kundschaft wartete.

Pirat war halb verrückt vor Freude, als er sah, dass sein Frauchen nach der Leine griff, ein sicheres Zeichen, dass sie gleich mit ihm Gassi gehen würde. Iris schlüpfte in ihren Mantel, und Frau und Hund machten sich auf zu einer Runde durchs Viertel.

Auf dem Weg zum Café achtete Iris zum ersten Mal bewusst auf sämtliche Ladenschilder, die ihr begegneten. Sie suchte nach einem Namen, der wie ein italienischer Familienname klang: *Capolini*. Aber auf ihrem üblichen Rundgang konnte sie ihn nirgends entdecken. Die Suche beschäftigte sie so sehr, dass sie beim Überqueren der Brücke nicht einmal zu den Bahngleisen hinunterschaute.

Es war eiskalt geworden und dämmerte bereits. Als Iris sich dem Ort näherte, an dem sie so viele magische Momente erlebt hatte, glaubte sie zunächst, die Dunkelheit spiele ihr einen Streich. Aber vor dem Eckhaus angekommen, wollte sie ihren Augen nicht trauen.

Am schönsten auf der Welt ist es gleich hier war nicht mehr da.

Nichts war zu sehen von dem defekten Leuchtschild, die Fenster waren mit Holzplatten vernagelt, die Tür verschlossen, und im Briefkasten stapelte sich die Werbung. Das Lokal sah aus, als hätte es schon vor ewigen Zeiten dichtgemacht.

»Das ist jetzt aber wirklich Zauberei«, dachte Iris entgeistert. Sie zog an Pirats Leine. Fassungslos, wie sie war, wollte sie nur noch zurück nach Hause.

Drei Monate und viele Wünsche

Das Wochenende verstrich ohne besondere Vorkommnisse. Nach einer unruhigen Nacht stand Iris spät auf. Den ganzen Tag über aß sie kaum einen Bissen und verbrachte Stunden vor dem Fernseher, mit den Gedanken ganz woanders.

Am Sonntagnachmittag, sie lag gerade lustlos auf dem Sofa und döste, klingelte das Telefon. Es war Olivier.

»Muss ich wirklich die Ausrede mit den Impfungen für Pirat benutzen, um dich wiederzusehen?«, fragte er auf so nette Art, dass Iris es nicht übers Herz brachte, ihm ehrlich zu antworten.

Sie sagte ihm nicht, dass sie keine Lust auf ein Treffen hatte und dass der einzige Mann, mit dem sie sich in diesem Moment hätte verabreden wollen, spurlos aus ihrem Leben verschwunden war.

»Ich kenne da eine tolle Bar, wo sie exotische Cocktails mixen«, sagte der Tierarzt. »Wäre super, wenn ich dich zu einem einladen dürfte.«

»Ich bin erkältet«, log Iris. »Ein andermal vielleicht. Heute sollte ich mich lieber schonen.«

»Tut mir leid, dass du krank bist. Im Grunde bin ich darüber aber auch erleichtert.«

»Wieso denn das?«

»Na ja, weil du mich nicht abblitzen lässt«, sagte Olivier. »Ich muss ehrlich sagen, dich wiederzusehen, war das Beste, was mir in den letzten Jahren passiert ist. Es war wie ein Wunder. In meinem trostlosen Leben erscheinst du mir wie eine Rettung.«

Iris musste unwillkürlich an Luca denken, daran, was er zu Oliviers Wiedererscheinen auf der Bildfläche gesagt hatte. Sein Satz »Der Zufall ordnet die Welt gründlicher, als wir vermuten« ging ihr durch den Kopf.

Ein wenig ermuntert durch diesen Gedanken, aber auch aus Scham darüber, Olivier gerade belogen zu haben, beschloss sie, näher auf ihn einzugehen.

»Warum hast du denn das Gefühl, dein Leben sei unerträglich?«, fragte sie.

»Schon allein davon zu erzählen ist total öde«, antwortete er und schwieg einen Moment. »Geht es dir manchmal auch so«, fuhr er fort, »dass dein eigenes Leben dich langweilt?«

»Ja, schon möglich. Aber ich glaube, das liegt eher an meiner eintönigen Arbeit.«

»Das meine ich nicht. Ich glaube, auch wenn wir noch so großartige Dinge tun, sind wir alle manchmal von uns selbst und unserem Alltagseinerlei gelangweilt. Mir hat mal jemand gesagt, Langeweile könne man heilen, indem man sich vorstellt, der eigene Tod stünde kurz bevor. Vielleicht sollten wir das einfach mal versuchen: uns vorstellen, dass uns nur noch wenig Lebenszeit bleibt, und uns überlegen, wie wir sie dann nutzen würden.«

Iris wurde dieses Gespräch auch allmählich langweilig. Aber da sie sich nicht traute, es zuzugeben, ließ sie Olivier weiterreden, und das tat er, mit wackeliger Stimme, als schämte er sich für das, was er da vorschlug:

»Stell dir mal vor, du hast nur noch drei Monate zu leben und nutzt sie, um zehn Dinge zu tun, die dir wichtig sind. Wir könnten uns doch diese zehn Dinge überlegen. Hättest du Lust dazu?«

Iris' tiefes Schweigen war deutlicher als jede Antwort.

»Entschuldige bitte, ich geh dir mit diesen metaphysischen Fragen bestimmt auf den Geist. Ich wollte dich nicht nerven.«

Er klang gekränkt.

»Du nervst mich nicht«, sagte Iris rasch. »Ich bin einfach nur müde.«

»Klar. Tut mir leid. Also, schönen Abend noch! Ruf mich einfach an, wenn du Lust auf ein Treffen hast.«

Dann legte er auf.

Iris dachte eine Weile über Olivier nach. Mit seiner Schüchternheit wirkte er in manchen Momenten beinahe zerbrechlich. Im Grunde war er immer noch derselbe, den sie vor zwanzig Jahren in der Herberge kennengelernt hatte. Unter der Hülle eines reifen Erwachsenen steckte nach wie vor der unsichere junge Mann von damals und kam ab und zu zum Vorschein. Eigentlich gefiel ihr das an ihm, auch wenn sie es sich nicht eingestehen wollte.

Nachdem sie aufgelegt hatte, war ihr absolut nicht danach, die von Olivier vorgeschlagene Zehn-Punkte-Liste aufzustellen. Aber je mehr Zeit verging, umso deutlicher spürte sie, dass der Gedanke daran sie nicht losließ. Ja, was täte sie eigentlich, wenn ihr nur noch drei Monate zu leben blieben? Worauf könnte sie verzichten und worauf nicht? In einem alten Buch mit religiösen Aphorismen hatte sie einmal den Satz gelesen: »Lebe jeden Tag, als wäre es dein letzter.«

Schließlich griff sie nach Stift und Papier und machte eine Zehn-Punkte-Liste, die sie folgendermaßen überschrieb:

Zehn Dinge, die ich vor meinem Tod noch machen will:

- *Luca finden (und sei es nur, um mich von ihm zu verabschieden)*
- *Jemanden küssen, den ich wahnsinnig liebe (und der auch mich wahnsinnig liebt)*
- *Die Stadt im Schnee versinken sehen*
- *Japanisches Essen probieren*
- *Mich kaputtlachen wie eine Verrückte*
- *Eine Band, die ich mag, live erleben*
- *Die Wohnung von Mama und Papa verkaufen*
- *Meinen Job kündigen*
- *Eine echte Freundin finden*
- *Mir die Haare rot färben*

Erstaunt über sich selbst, betrachtete Iris die Liste. Nachdem sie ihre Wünsche mehrmals durchgegangen war, kam sie zu dem Schluss, dass eigentlich keiner unmöglich zu erfüllen war. Plötzlich bekam sie große Lust, gleich damit anzufangen.

Aber noch bevor sie sich überlegen konnte, wie, übermannte sie der Schlaf.

Ein nicht ganz so schrecklicher Montag

Am Montagmorgen erschien Ángela wie verabredet bei Iris. Sie kam in Begleitung eines hochgewachsenen Deutschen, der sich die Wohnung ansehen wollte. Er und seine Frau, ein kinderloses Rentnerehepaar, suchten etwas in Iris' Stadtteil. Der Mann verlangte, auch noch das versteckteste Rohr und den winzigsten Schalter in Augenschein zu nehmen.

»Ich werde versuchen, ihn davon zu überzeugen, dass sie hier im Viertel keine zweite Wohnung wie diese finden werden«, flüsterte Ángela Iris vertrauensvoll zu, während der Kunde sich den Balkon ansah. »Wetten, ich schaffe das? Es wäre nicht das erste Mal. Habe ich Ihnen erzählt, dass ich Friseurin war, bevor ich mit diesem Job angefangen habe?«

Iris schüttelte den Kopf.

»Ich war richtig berühmt für meine Überzeugungskraft … Wenn eine Kundin sich ursprünglich nur die Haare schneiden lassen wollte, sich am Ende aber auch noch eine Haarverlängerung mit bunten Strähnchen hatte machen lassen, dann wussten alle, dass sie bei mir gelandet war.«

Iris glaubte ihr sofort. Ángela hatte eine sympathische, lebhafte Art, die niemanden gleichgültig ließ.

Während der Deutsche damit beschäftigt war, einen der Räume auszumessen, stellte Iris Ángela die Frage, die ihr schon seit dem Wochenende auf den Nägeln brannte:

»Kennen Sie hier im Viertel ein Café namens *Am schönsten auf der Welt ist es gleich hier*?«

»Nein, das sagt mir nichts«, antwortete Ángela. »Wo soll das sein?«

Iris beschrieb ihr die Lage des Cafés, das ihr so vertraut war. Ángela unterbrach sie mitten im Satz:

»Was Sie meinen, ist kein Café, sondern ein alter Lagerraum. Der steht schon ewig leer. Keine Ahnung, seit wann. Wollen Sie ihn sich mal anschauen? Ich habe die Schlüssel zu dem Raum.«

Verdutzt sah Iris sie an.

»Zeigen Sie ihn mir?«, fragte sie, ohne einen Moment zu zögern.

»Natürlich, kein Problem. Ich sage meinem Chef, Sie seien eine mögliche Käuferin. Den Raum haben sich schon viele Leute angeschaut, aber niemand will ihn kaufen.«

»Und warum? Was war das Problem?«

»Warten Sie ab, bis Sie ihn gesehen haben, dann verstehen Sie es.«

»Übrigens, wollen wir uns nicht duzen, jetzt, wo wir ein kleines Geheimnis haben?«, fügte Ángela verschwörerisch hinzu. Freudig nahm Iris an.

Nachdem sie Ángela und ihren Kunden verabschiedet hatte, stellte Iris Pirat einen Napf mit Futter hin und ging zur Arbeit. Sie ahnte, dass ein harter Tag und jede Menge Vorwürfe auf sie warteten.

Sie sollte recht behalten. Ihr Chef nahm ihr offensichtlich übel, dass sie sich für die Adoption eines Hundes einen vollen Tag freigenommen hatte. Sie merkte es an seinem gereizten Tonfall, wenn er mit ihr sprach. Was zum Glück nicht oft geschah.

Ansonsten verlief der Arbeitstag so eintönig wie eh und je. Fluten von Anrufen wurden von Zeit zu Zeit unterbrochen durch die üblichen »anruflosen Oasen«. In einem Moment besonders großer Langeweile ging Iris auf die Internetseite eines Radiosenders und hörte sich ein Stück an, dessen Text ihr gefiel:

> *Dreams are ready*
> *To be true.*
> *Just make them happen:*
> *This life is a blank page*
> *Write here what you want.**

Als die Schlussakkorde des Stücks erklangen, das ihr wie die musikalische Untermalung ihres derzeitigen Lebens vorkam, meldete sich wieder ein Anrufer.

Zunächst erkannte sie die männliche Stimme nicht, die in ihrem Kopfhörer die Musik übertönte.

»Ich bräuchte ein paar Informationen zu einer Versicherung«, sagte der Anrufer.

---

* Träume lassen sich jederzeit/verwirklichen./Lass sie wahr werden:/Dieses Leben ist ein leeres Blatt,/schreib darauf, was du willst.

»Sehr gern«, antwortete Iris routiniert. »Um was für eine Versicherung geht es?«

»Was für eine würden Sie mir denn empfehlen? Ich bin männlich, gesund und ledig. Ich fahre einen Kleinwagen und habe zum ersten Mal seit langem riesige Lust zu leben. Und zwar wegen einer Frau.«

Da erkannte Iris die Stimme.

»Olivier?«

»Brauchst du auch meinen Nachnamen?«

»Was soll der Unsinn?«

»Da ich es anders nicht schaffe, dich wiederzusehen, habe ich beschlossen, eine Versicherung abzuschließen, und möchte mich gern von dir persönlich beraten lassen.«

»Du bist verrückt!«

»Ganz deiner Meinung. Verrückt nach dir. Welche Versicherung kannst du mir denn empfehlen? Ich dachte an eine Lebensversicherung. Apropos, hast du die Aufgabe von neulich gemacht?«

»Ich kann jetzt nicht reden, ich blockiere hier die Leitung.«

»Aber meine Frage hat doch mit deiner Arbeit zu tun!«

»Ich verbinde dich lieber mit einem unserer Versicherungsmakler.«

»Ich wüsste nicht, was ich einem eurer Makler zu sagen hätte.«

»Das ist aber der übliche Weg. Du brauchst ja Informationen.«

»Ich dachte, die bekäme ich alle von dir.«

»Dann musst du vorbeikommen.«

»Kein Problem! Um wie viel Uhr hast du Feierabend?«

»Um halb zehn.«

»Also komme ich um neun, du gibst mir alle nötigen Informationen, und anschließend lade ich dich in diese Hawaii-Bar ein. Ausreden lasse ich nicht gelten.«

Iris musste lächeln, was ihr Gesprächspartner natürlich nicht sehen konnte. Ihr fiel wieder der Songtext ein, den sie soeben gehört hatte, und sie fand, jetzt sei der Moment gekommen, etwas Sinnvolles auf das leere Blatt ihres Lebens zu schreiben. Oder es zumindest zu versuchen.

»Also gut«, sagte sie, »aber statt exotische Cocktails zu trinken, würde ich lieber japanisch essen gehen.«

»Das trifft sich wunderbar. Ich bin nämlich Sushi- und Sashimi-Experte. Wir sehen uns also um neun.«

Während der restlichen Bürostunden wollte das Lächeln aus Iris' Gesicht nicht weichen. Nicht einmal, als ihr Chef ihr auf seine ruppige Art vorwarf, sie hätte die Leitung der Telefonzentrale blockiert.

Abendessen mit Glücksgott

Olivier hatte einen Tisch bei *Ojiro* reserviert, einem japanischen Restaurant, das erst vor kurzem im Zentrum eröffnet hatte.

»Ich habe mir gedacht, bei einer Gelegenheit wie dieser lohnt es sich, mal den Stadtteil zu wechseln«, sagte er mit seiner sanften Stimme, kaum dass er den Wagen angelassen hatte.

Montags um diese Zeit herrschte wenig Verkehr. Schon nach einer knappen Viertelstunde stießen sie die elegante Tür des Restaurants auf und standen in einer für Iris vollkommen neuen Welt.

Man wies ihnen einen Ecktisch zu. Auf der Speisekarte waren die Gerichte auf Japanisch und Spanisch aufgeführt, aber Iris verstand in keiner der beiden Sprachen ein einziges Wort.

»Wähl lieber du aus«, sagte sie resigniert.

Der Vorschlag schien Olivier zu gefallen. Als eine Kellnerin im eleganten Kimono an den Tisch trat, bestellte er mehrere Gerichte von der Karte und zwei Flaschen japanisches Bier. Die Selbstsicherheit, die er dabei an den Tag legte, kannte Iris noch nicht an ihm.

»Zuerst gibt es eine Misosuppe«, erklärte er, »dann folgen drei Gänge, wie bei einem traditionellen japanischen Essen.«

»Drei Gänge?«

»Ja, das weiß ich noch aus Osaka, wo ich ein Jahr gelebt habe. Ich war dort im Rahmen eines Austauschs mit der tiermedizinischen Fakultät. Die Japaner legen genauso großen Wert auf die Auswahl der Nahrungsmittel wie auf ihre Präsentation. Die Gerichte, die wir gleich essen werden, sind auf drei unterschiedliche Arten zubereitet.«

Er machte eine Pause und blickte Iris in die Augen, wie um sich zu vergewissern, dass er beruhigt mit seinem kleinen Vortrag fortfahren konnte, oder als fürchtete er, sich zu blamieren.

»Der erste Gang wird roh serviert«, fuhr er fort, »der zweite ist nur leicht gegart, und der dritte muss lange kochen. Damit rufen die Japaner sich ins Gedächtnis, dass alles im Leben seinen Wert hat: das Einfache, aber Kostbare, das kurzfristig Erreichbare und das, worauf man lange warten muss. Den Abschluss bildet jedes Mal eine Tasse bitterer grüner Tee – so wie der Tod.«

»Und wenn unser Essen nur aus einem einzigen Gang bestünde, was wäre das dann?«, fragte Iris mutig. »Wäre das Gericht roh, nur leicht gegart, oder hätte es lange auf dem Herd gestanden?«

»Ganz klar: Es wäre ein *Nabemono* – ein leckerer Eintopf, der Stunden auf dem Feuer gestanden hat. Ganz wie unser Wiedersehen, das hat fast zwanzig Jahre gebraucht, bis es gar war.«

»Und was kommt eigentlich nach dem grünen Tee?«, unterbrach ihn Iris mit gespielter Naivität.

»Das weiß keiner. Wichtig ist nur, dass man satt ist, wenn man beim Tee angekommen ist, denn danach gibt es keinen Weg zurück.«

»Wie meinst du das?«

Iris war aufgefallen, dass Olivier bei diesem Thema immer selbstbewusster wurde. Sogar seine Stimme klang fester.

»Es bedeutet, dass keinem Menschen ein glücklicher Tod vergönnt ist, wenn er ein Loch im Lebensmagen hat. Weißt du, dass es sogar Leute geben soll, die vom Tod ins Leben zurückgekehrt sind, um noch eine Sache zu Ende zu bringen, die sie halb fertig zurückgelassen haben? Bevor man geht, muss man mit der Welt und den Leuten, die man liebt, Frieden schließen. Angefangen bei sich selbst.«

»Du glaubst also, dann würde einem das Sterben leichter fallen?«

»Unbedingt. Wenn man ein erfülltes Leben hatte, empfindet man den eigenen Tod als etwas Natürliches. Wie den heißen Tee nach einem guten Mittagessen.«

Einige schweigsame Sekunden verstrichen, dann kam die Kellnerin mit einem vollen Tablett an den Tisch.

»Der Gedanke, sich das Leben als eine Mahlzeit vorzustellen, gefällt mir«, sagte Iris. »Und ich? Was bin ich für ein Gericht?«

Als Olivier auf ihre Frage antwortete, glaubte sie, ein leichtes Beben in seiner Stimme zu hören. Wie bei einem Jugendlichen, der sich zu seiner ersten Liebeserklärung durchringt:

»Du bist eine gutgefüllte Reisschale. Etwas, was nie fehlen darf. Einfach, aber nahrhaft. Weder zu schwer noch zu leicht. Etwas, was in seinem ureigenen Wesen wertvoll ist, da es die Fähigkeit besitzt, jede Lebenswürze aufzunehmen.«

Iris spürte, wie ihr die Röte in die Wangen stieg. Seit Jahren war ihr das nicht mehr passiert.

Die Kellnerin stellte zwei Flaschen *Ebisu*-Bier auf den Tisch und reichte beiden ein warmes, feuchtes Tuch. Sie wischten sich damit die Hände sauber und legten es zurück auf das winzige Tablett.

Dann goss Iris die Getränke ein und hob ihr Glas.

»Ich stoße darauf an, dass heute zwei Wünsche von meiner Liste in Erfüllung gegangen sind. Schon lange hatte ich Lust, einmal japanisches Essen zu probieren, und jetzt sitze ich hier und fange gleich damit an.«

»Und welches war der andere Wunsch?«

»Ich habe heute meinen Job gekündigt.«

Olivier setzte eine mitleidige Miene auf.

»Oh nein«, sagte Iris, »keine Sorge! Das macht mir überhaupt nichts aus. Im Gegenteil, es war höchste Zeit, dass ich den Mut hatte zu kündigen. Ich hätte nie gedacht, dass ich dazu fähig wäre. Jetzt stehen nur noch acht Punkte auf meiner Liste der Dinge, die ich vor meinem Tod noch tun möchte.«

»Dann ist das ja eine wunderbare Neuigkeit. Darauf müssen wir in der Tat anstoßen!«

Die Gläser klirrten, und sie tranken ihren ersten Schluck.

»Hast du dir schon überlegt, was du jetzt mit deiner Zeit anfängst?«, fragte Olivier.

»Ich werde schlafen, mit Pirat spazieren gehen, nach einem verlorenen Freund fahnden … außerdem hoffe ich, dass es mir gelingt, die Wohnung meiner Eltern zu verkaufen. Dann kann ich endlich in eine andere umziehen, in der nicht in allen Ecken und Winkeln die Vergangenheit lauert. Möglichst in eine Wohnung mit Meerblick. Das ist einer meiner Träume.«

»Aha … Wie ich sehe, stehen in deinem Leben große Veränderungen an. Wer weiß, vielleicht auch in der Liebe.«

Iris senkte verlegen den Blick.

»Du wirst sehen, dieses Bier bringt dir Glück«, sagte Olivier rasch und zeigte auf das Etikett auf seiner Flasche. »Weißt du, was der Name bedeutet?«

Iris schüttelte den Kopf. Das Wort *Ebisu* sagte ihr absolut nichts.

»*Ebisu*«, erklärte Olivier, »ist einer der sieben japanischen Glücksgötter. Bestimmt wird er dafür sorgen, dass auch deine noch offenen Wünsche in Erfüllung gehen.«

»Ich will's hoffen«, dachte Iris und nahm einen großen Schluck von ihrem Glücksbier.

Ein Ding aus einer anderen Welt

Iris' erster Tag ohne Hetze und Verpflichtungen begann damit, dass Pirat sie mit großen Augen ansah. Er schien sich zu fragen, was die ganze Faulenzerei zu bedeuten hatte. War ihr denn nicht klar, dass sie schon vor Stunden mit ihm hätte Gassi gehen müssen, so wie jeden Morgen?

In unverhofft entspannter Stimmung machte Iris sich einen grünen Tee und setzte sich in aller Ruhe damit an den Küchentisch. Dann ging sie unter die Dusche, zog sich bequeme Sachen an – völlig andere als die, die sie immer im Büro trug – und holte Pirats Leine.

Als sie die Hand in ihre Manteltasche schob, stieß sie auf die kaputte Uhr. Sie hielt sie sich ans Ohr, um zu überprüfen, ob sie nach wie vor das seltsam fern klingende Ticken hörte. Im Grunde war es unbegreiflich, aber im Herzen dieser Uhr lebte immer noch etwas.

»Ich glaube, ich lasse sie reparieren«, sagte sich Iris, als sie zur Tür hinausging.

Der Spaziergang dauerte länger als üblich. Da im

Park um diese Zeit kaum Leute unterwegs waren, ließ Iris Pirat von der Leine, damit er nach Lust und Laune im Gebüsch herumschnüffeln konnte. Sie setzte sich, den Mantel fest um den Körper geschlungen, auf eine Bank, um den kalten, wolkenlosen Morgen zu genießen.

Auf dem Rückweg band sie Pirats Leine am Parkeingang an einen Baum und ging zum nahe gelegenen Uhrmacher.

»Sie geht, und gleichzeitig geht sie nicht«, erklärte sie dem mürrisch dreinblickenden Herrn hinter dem Ladentisch.

Eingehend betrachtete der Uhrmacher die Antiquität, die da vor ihm auf der Theke lag. Dann nahm er sie behutsam in die Hand, als hätte er es mit einem äußerst wertvollen Gegenstand zu tun.

»Ist sie runtergefallen?«, fragte er.

»Ich weiß es nicht. Sie war schon so, als ich sie geschenkt bekommen habe.«

Der Mann setzte seine Begutachtung fort. Mit einem kleinen, an seine Brille montierten Vergrößerungsglas schaute er sich das Zifferblatt an. Jetzt schien auch er das kaum wahrnehmbare Ticken zu hören und suchte nach der Stelle, wo sich das Gehäuse öffnen ließ.

»Ein Momentchen bitte«, sagte er, »ich muss sie nach hinten in die Werkstatt mitnehmen.«

Iris blieb allein in dem ausgestorbenen Laden zurück, umgeben von tickenden Uhren. Ein paar Minuten später kehrte der Uhrmacher mit konsternierter Miene zurück, das antike Stück in der Hand.

»Leider kann ich nichts für Sie tun«, lautete das Ergebnis seiner Untersuchung. »Die Ersatzteile für diese Uhr werden nicht mehr hergestellt.«

»Dann kann man sie also nicht mehr reparieren?«

»Nein. Aber selbst wenn man es könnte, sollte man es lassen.«

»Warum?«

»Weil derjenige, der Ihnen diese Uhr geschenkt hat, ihnen etwas aus einer anderen Welt geben wollte. Etwas, was nicht mehr existiert, aber noch immer spürbar ist.« Der Uhrmacher hielt Iris das Zifferblatt ans Ohr, um sie auf das zarte Geräusch aus dieser anderen Welt hinzuweisen.

»Aber was hat es für einen Sinn, jemandem etwas zu schenken, was nicht funktioniert?«

»Vielleicht war das eigentliche Geschenk nicht auf den ersten Blick zu erkennen. Sehen sie mal hier«, sagte der Mann und reichte ihr einen kleinen Zettel. »Ich habe entdeckt, dass auf der Innenseite des Zifferblatts etwas steht, und habe es für Sie abgeschrieben, für den Fall, dass es Sie interessiert.«

Auf dem Zettel stand:

LASS DIE VERGANGENHEIT HINTER DIR,
UND DIE GEGENWART BEGINNT

»Was soll das denn bedeuten?«, fragte Iris verwirrt.

»Keine Ahnung. Aber eines ist klar: Ihr Freund wollte Ihnen mehr als nur eine Uhr schenken.«

Das Lager der offenen Rechnungen

Ächzend drehte sich der Schlüssel im Schloss, als wäre er lange nicht mehr benutzt worden. Dann öffnete sich die Tür, und ein dunkler, kahler Raum tat sich auf, der nicht die leiseste Ähnlichkeit mit dem Café besaß, in dem Iris Luca kennengelernt hatte.

»Das ist der Raum«, sagte Ángela. »Wie du siehst, ist hier nicht die geringste Spur von dem Café zu finden, von dem du gesprochen hast.«

Der Fußboden war von einer Staubschicht überzogen, die alle Schritte dämpfte. Kaltfeuchte Luft füllte den Raum, und das Halbdunkel verströmte eine geheimnisvolle Atmosphäre. Von der Straße fiel nur wenig Licht herein und drang kaum einige Meter weit, so dass der hintere Teil des Lokals völlig im Dunkeln lag.

»Überrascht?«, fragte Ángela.

»Sehr.«

Iris versuchte zu verstehen, wie sich ein gastronomischer Betrieb innerhalb so kurzer Zeit in Luft auflösen beziehungsweise sich in etwas ganz anderes verwandeln konnte. Da durchbrach Ángelas Handy die

Stille. Während Iris wie eine Schlafwandlerin weiter durch den Raum lief, nahm ihre Begleiterin den Anruf entgegen.

»Warte einen Moment, hier ist der Empfang miserabel«, sagte Ángela, wobei sie zu Iris schaute und ihr mit einer Kopfbewegung Richtung Tür zu verstehen gab, dass sie zum Telefonieren nach draußen gehen müsse.

Iris nickte zustimmend und wagte sich weiter in den staubigen Raum vor. Neugier und Fassungslosigkeit drängten sie, auch den hinteren Teil zu erkunden.

Rasch merkte sie, dass sich die Dunkelheit mehr und mehr auflockerte, je weiter sie lief. Als ihre Augen sich schließlich an die Finsternis gewöhnt hatten, erkannte sie ganz hinten an der Wand ein großes Regal voller Kisten unterschiedlicher Größe und Farbe, die von einer einheitlichen Staubschicht überzogen waren.

»Das muss das Lager sein, von dem Ángela mir erzählt hat«, dachte Iris und ließ den Blick über die vielen Kartons wandern.

Sie waren von ganz unterschiedlicher Größe. In manche hätten eine Kühltruhe oder eine kleine Kommode gepasst, während andere eher Schuhkartonformat besaßen. Auf jeder der Kisten klebte ein Etikett, das einen handgeschriebenen Namen trug.

»Wahrscheinlich warten diese ganzen Pakete darauf, von ihren Empfängern abgeholt zu werden«, dachte Iris, fand das alles aber sehr merkwürdig.

Was war in diesen Kisten? Warum standen sie hier?

Und wer waren die Empfänger? Lag es vielleicht an den Kisten, dass der Lagerraum keinen neuen Besitzer fand?

Plötzlich drang aus dem hinteren Teil des Lagers leise Musik. Iris hielt den Atem an und lauschte. Von einer subtilen Instrumentierung begleitet, sang eine melodiöse Stimme etwas, das geradezu auf Iris gemünzt zu sein schien:

> *Where are you going,*
> *I asked,*
> *Suburban Princess*
> *tonight?**

Auch sie fragte sich in der letzten Zeit immer häufiger, wohin sie ging, was das alles zu bedeuten hatte und was sie am Ende des Weges erwartete.

An der hinteren Wand angekommen, stutzte sie plötzlich. Im Dunkeln erkannte Iris einen Tisch, der genauso aussah wie die, an denen sie in dem verschwundenen Café gesessen hatte. Auf der marmornen Tischplatte stand eine Tasse mit dampfendem Kakao, offenbar frisch serviert. Er verströmte den gleichen köstlichen Duft wie der, den sie in letzter Zeit mehrmals getrunken hatte. Auf dem Unterteller blitzte ein glänzend sauberer Teelöffel.

Ohne lange zu überlegen, was es mit diesem neuen Rätsel auf sich hatte, griff Iris nach der Tasse und

---

* Wohin, fragte ich,/gehst du/heute Nacht,/Vorstadtprinzessin?

nahm einen Schluck. Duft und Geschmack der heißen Schokolade erinnerten sie augenblicklich an Luca, mit dem sie so manche Tasse geleert hatte. Aber diesmal war alles anders, sie war allein … oder etwa nicht?

Im Dunkeln näherten sich Schritte. Iris erschrak, im nächsten Moment aber erkannte sie die vertraute Silhouette des schlanken, vornehmen Mannes mit der üppigen weißen Haarmähne: Es war der Zauberkünstler.

»Wie ich sehe, haben Sie das Lager der offenen Rechnungen entdeckt. Haben Sie Ihre Kiste schon gefunden?«

Iris freute sich, ihren alten Bekannten wiederzusehen.

»Was ist aus dem Café geworden?«, fragte sie. »Warum ist alles so anders als …?«

»Es ist wichtig«, unterbrach der Zauberer sie mit einer energischen Geste, »dass Sie die Kiste finden, auf der Ihr Name steht.«

Iris hätte ihn liebend gern nach Luca gefragt, aber er klang so streng, dass sie nicht wagte, sich seiner Aufforderung zu widersetzen. Neugierig näherte sie sich dem großen Regal und begann, die Etiketten auf den einzelnen Paketen zu lesen. Dort standen so viele Kisten, dass es schien, als würde die Suche nach ihrem Namen Stunden dauern. Zum Glück aber entdeckte sie ihn schon nach wenigen Minuten, klar und deutlich prangte er an der Seite eines Päckchens, das so klein war, dass es problemlos in ihre Handfläche gepasst hätte.

»Da ist es!«, rief sie aufgeregt und drehte sich zu

dem Zauberer um. »Offenbar sind in meinem Fall nicht viele Rechnungen offen. Was ist denn drin?«

»Das müssen Sie selbst herausfinden. Und lassen Sie sich nicht von der äußeren Form täuschen. Das Päckchen ist zwar klein, aber es enthält möglicherweise eine ganze Welt.«

»Ist das jetzt wieder ein Zaubertrick?«

»Ja, gewissermaßen. Hier warten lauter unvollendete Dinge auf ihre Gelegenheit. Setzen Sie sich an den Tisch, trinken Sie Ihren Kakao, und warten Sie.«

»Ist das Ganze Lucas Idee? Ist er auch hier?«

»Sie werden bald von ihm hören. Haben Sie Geduld.«

Iris zog ein langes Gesicht. Unterdessen knöpfte der Zauberer langsam seine gestreifte Weste zu.

»Genießen Sie diesen Augenblick«, sagte er. »Und vergessen Sie nicht, dass auch ein Weg von tausend Meilen mit dem ersten Schritt beginnt.«

Iris setzte sich wieder an den Tisch, auf dem die Tasse mit der heißen Schokolade wartete, und öffnete das kleine Päckchen.

Stirnrunzelnd betrachtete sie den Inhalt: Es war ein in Zellophanpapier gewickeltes Herz aus weißer Schokolade. Auf der Rückseite klebte ein Schildchen, auf dem *Eiscafé Centauro* stand, darunter eine Adresse.

»Soll ich dorthin gehen?«, fragte Iris verdutzt.

Aber sie erhielt keine Antwort.

»Hallo? Ist jemand da?«

Statt der Stimme des Zauberers erklang die von Ángela, die mit hastigen Schritten näher kam.

»Entschuldige bitte, dass ich dich so lange allein

gelassen habe. Es war ein Kunde, der nicht … Ach, sieh an! Du hast einen der Tische deines Cafés wiedergefunden! Und was tust du hier allein im Dunkeln?«

Rasch, bevor sie Ángela antwortete, steckte Iris das weiße Schokoladenherz in die Manteltasche.

»Wie du siehst, habe ich gerade einen leckeren heißen Kakao getrunken.«

»Einen was …? Du hast vielleicht eine Phantasie, Iris! Komm, lass uns hier verschwinden, sonst glaube ich am Ende noch, dass es in diesem Lagerraum spukt.«

Das Meer der Zukunft

»Heute bin ich früher nach Hause gekommen. Und ich habe eine Überraschung für dich.«

Oliviers Stimme am anderen Ende der Leitung klang fröhlich und ein wenig ungeduldig.

»Jetzt gleich? Ich hatte eigentlich etwas anderes vor«, sagte Iris.

Oliviers Selbstsicherheit verblüffte sie. Sie hätte nicht gedacht, dass er so hartnäckig sein würde, dazu noch auf eine so energische Art.

»Ja, jetzt sofort! Die Überraschung kann nicht länger warten – und ich auch nicht.«

Zwanzig Minuten später holte er sie ab.

Von seinem Optimismus angesteckt, vergaß Iris die innere Unruhe, die der Besuch im Lagerraum und ihre erneute Begegnung mit dem Zauberer in ihr ausgelöst hatten. Allmählich begriff sie, dass dieser Ort und seine Besucher einer anderen Zeit in ihrem Leben angehörten, die glücklicherweise langsam in den Hintergrund zu treten begann. Olivier dagegen stand für Zukunft. Für eine glückliche Zukunft. Seine beschwingte Stimme verriet sofort, wie sehr er sich freute, Iris zu sehen.

»Du bist blass, stimmt was nicht?«, fragte er besorgt, während sie eine der großen Straßen Richtung Zentrum entlangfuhren.

»Alles in Ordnung. Ich hatte nur vorhin so etwas wie eine Begegnung der dritten Art.«

»Aha. Ist dir ein Gespenst erschienen?«

»Im Grunde habe ich das Gefühl, in meinem Leben wimmelt es von Gespenstern.«

Sie musste erneut an Luca denken und merkte, dass der Wunsch, ihn wiederzusehen, noch immer nicht ganz erloschen war. Zumal ja möglicherweise stimmte, was der Zauberer angedeutet hatte, nämlich, dass sie Luca bald wieder begegnen würde.

»Das ist normal«, sagte Olivier. »Wir sind doch alle ständig von Gespenstern umgeben. Man muss nur lernen, sich mit ihnen zu vertragen.«

Die restliche Fahrt verlief in nachdenklichem Schweigen. Olivier fuhr in eine Allee, bog mehrmals ab und schlängelte sich dann durch ein ausgestorbenes Neubaugebiet.

»Wir sind da«, sagte er schließlich und parkte den Wagen vor einem nagelneuen mehrstöckigen Haus.

Verwundert schlug Iris die Wagentür zu und folgte dem Tierarzt bis zu einer gläsernen Eingangstür. Olivier zückte einen Schlüsselbund, schloss die Tür auf und ging Iris voraus zu einem durchsichtigen, hell erleuchteten Aufzug. In der Kabine warf ihnen der Spiegel zwei völlig unterschiedliche Gemütsverfassungen zurück: beinahe kindliche Vorfreude bei ihm, verwirrtes Staunen bei ihr.

Sie fuhren hoch bis in den letzten Stock, wo sich

die Fahrstuhltür vor einem mit glänzenden Fliesen ausgelegten Treppenabsatz öffnete. Olivier marschierte schnurstracks auf eine von vier Türen zu, schloss sie auf und bat Iris mit theatralischer Verbeugung einzutreten.

»Hereinspaziert«, sagte er mit unverwandtem Lächeln.

Iris betrat ein leeres Neubauappartement, dessen Heizkörper noch mit Plastikfolien verhängt waren. Neugierig lief sie durch die Zimmer, durch Küche und Bad und durch ein weitläufiges, mit großen Fenstern ausgestattetes Wohnzimmer.

»Warte, das Beste kommt noch«, verkündete Olivier, der gerade dabei war, einen Rollladen hochzuziehen.

Kurz darauf traten sie gemeinsam auf den Balkon. Vor Iris' Augen erstreckte sich das endlose Blau des Meeres. Trotz des bewölkten Himmels war der Anblick von nahezu übernatürlicher Schönheit. Unwillkürlich sah sie sich an einem Sommerabend auf diesem Balkon sitzen und berauscht den Horizont betrachten.

»Ist das hier nicht ein bisschen wie die Wohnung deiner Träume?«, fragte Olivier und ergriff ihre Hände.

Iris lächelte zaghaft.

»Die ist garantiert irrsinnig teuer«, stammelte sie, »und ich habe keine Arbeit.«

»Der Besitzer ist ein Freund von mir. Er wäre bereit, sie zu einem sehr vernünftigen Preis zu vermieten.«

Oliviers Stimme bebte leicht.

Noch nie war Iris die Zukunft so greifbar nah erschienen wie in diesem Augenblick. Und noch nie hatte sie ihr solche Angst gemacht.

»Ich weiß nicht … Ich muss erst mal drüber nachdenken.«

»Natürlich. So etwas entscheidet man ja nicht hopplahopp.«

Iris lächelte. Das weite Meer, das sich vor ihren Augen erstreckte, vermittelte ihr mit einem Mal eine unendliche Ruhe. Sie konnte den Blick einfach nicht von der Wasserfläche lösen.

»Ich habe das Gefühl, mein ganzes Leben ist ein Kampf zwischen meiner Vergangenheit und meiner Zukunft«, murmelte sie.

»Ich glaube, das ist bei den meisten Leuten der Fall«, sagte Olivier mit sanfter, leicht wehmütiger Stimme. »Mir geht es genau wie dir, und eine Ruhepause ist nicht in Sicht.«

Was ist ein Engel?

Nach der Wohnungsbesichtigung wollte Olivier Iris unbedingt zum Essen einladen.

Sie gingen zu einem Italiener, bei dem Iris jedoch kaum etwas hinunterbrachte. Nicht, dass ihr Begleiter sich nicht redlich bemüht hätte, ihr alles recht zu machen, es waren ihre Gedanken, die ihr keine Ruhe ließen. Sie kam nicht los von dem Wunsch, Luca wiederzusehen, und doch beschlich sie immer stärker das Gefühl, dass dies inzwischen nicht mehr als eine absurde Idee war. Sie fühlte sich von Mal zu Mal wohler mit Olivier, der ihr ein Feingefühl und eine Geduld entgegenbrachte, wie es noch kein Mann zuvor getan hatte.

Auch als er sie ein paar Stunden später vor ihrem Haus absetzte und sich mit einem Lächeln verabschiedete, zeigte er sich sehr verständnisvoll:

»Am liebsten würde ich ja heute Abend mit dir ausgehen, aber irgendetwas sagt mir, dass dies nicht der richtige Tag dafür ist, stimmt's?«

Iris zwang sich, sein Lächeln zu erwidern.

»Ich bin müde«, antwortete sie, »und ich muss nachdenken.«

»Es eilt ja auch nicht, aber denk dran: Ich warte in der Zukunft auf dich, genau wie das Meer.«

Als Iris ihre Wohnung betrat, empfing Pirat sie mit der üblichen Vorfreude auf einen möglichen Spaziergang. Iris hörte jedoch erst einmal ihren Anrufbeantworter ab. Auch wenn sie es sich nicht eingestehen wollte, wartete sie noch immer auf ein Zeichen von Luca.

Doch auf dem Anrufbeantworter war nur eine Nachricht von Ángela, die erkältet klang, oder als hätte sie geweint. Iris vermutete eher Letzteres.

»Bitte verzeih mir, dass ich dich anrufe«, sagte Ángelas Stimme, »aber ich weiß nicht, mit wem ich reden soll, und ich habe das Gefühl, du bist ein sehr verständnisvoller und einfühlsamer Mensch. Also entschuldige bitte, wenn ich deinen Anrufbeantworter vollquassle. Ich muss es einfach loswerden: Ich habe meinen Job verloren und bin jetzt am Boden zerstört, ich blöde Kuh. Na ja, eigentlich auch noch aus anderen Gründen, aber die will ich lieber nicht einem Apparat anvertrauen …«

Iris rief Ángela sofort zurück.

»Ich bin auch arbeitslos«, sagte sie, »und ich kann dir versichern, das hat auch Vorteile. Wie lange ist es zum Beispiel her, dass du mal an einem Montag richtig ausgeschlafen hast?«

»Ehrlich gesagt habe ich das noch nie«, gestand Ángela. »Und ich bin auch noch nie an einem Mittwochabend einfach mal so bis in die Puppen ausgegangen. Noch ein Vorteil, oder?«

»Ich würde sagen, ja.«

»Hast du heute Abend schon was vor?«

Die Frage kam völlig überraschend, aber bei Ángela wollte Iris nicht nach Ausreden suchen.

»Nein«, sagte sie, »außer dass ich darüber nachdenken wollte, was die Dinge, die zurzeit in meinem Leben passieren, zu bedeuten haben.«

»Dann lass uns doch gemeinsam nachdenken. Ich denke über dein Leben nach und du über meins. Was hältst du davon?«

»Eigentlich ein guter Deal«, erwiderte Iris.

»Perfekt. Also, um neun bei dir vor der Haustür?«

»Super. Hör mal …«

Iris hatte das Gefühl, ihrer neuen Freundin etwas Wichtiges sagen zu müssen.

»Ja?«

»Ich weiß nicht, ob es etwas mit deinem Namen zu tun hat, aber du bist für mich eine Art Engel. Weißt du, was ein Engel ist?«

Noch bevor Iris selbst die Frage beantworten konnte, sagte Ángela:

»Ein Engel ist jemand, der dich vor dem Fallen bewahrt, indem er dir das Fliegen beibringt. Also, dann bis später!«

Pirat schaute ungeduldig zu Iris hoch, die eine Weile mit perplexem Gesicht neben dem Telefon stand. Schließlich wandte sie sich ihrem vierbeinigen Freund zu. Es war nun wirklich an der Zeit, ihm eine Freude zu machen und ausgiebig mit ihm an die Luft zu gehen.

Sie steuerte gezielt auf die Brücke zu, unter der die Vorstadtzüge vorbeifuhren. Dort blieb sie einen Augenblick an der Brüstung stehen, schaute in die Tiefe und dachte an das letzte Mal, als sie hier gestanden hatte. Dieser düstere Sonntagnachmittag lag noch gar nicht weit zurück, und doch fühlte sie sich völlig verwandelt, fast wie ein neuer Mensch. Pirat kläffte laut und begann an der Leine zu zerren.

»Ein Engel ist jemand, der dich vor dem Fallen bewahrt, indem er dir das Fliegen beibringt«, wiederholte Iris im Geiste.

Und gleich darauf stellte sie erstaunt fest:

»In dieser Stadt wimmelt es von Engeln.«

Sie drehte eine große Runde durchs Viertel, und auf dem Weg nach Hause fühlte sie sich bereit für den ersten Freundinnenabend ihres Lebens.

Der Abend der vier erfüllten Wünsche

Während sie aufs Geratewohl durch die Straßen schlenderten, gab Ángela Iris eine Zusammenfassung der dramatischsten – und zugleich allerjüngsten – Kapitel ihres Lebens:

»Ich war schon immer eine unverbesserliche Romantikerin und habe meine Gefühle einfach nicht unter Kontrolle. Nach gerade mal einem Monat in der Immobilienagentur war ich total in meinen Chef verknallt. Von Anfang an kam auch er mit Anspielungen und vielsagenden Blicken und erfand alle möglichen Vorwände, um mich allein treffen zu können. Eine Immobilienagentur ist natürlich ideal, wenn man heimliche Dates mit einem Mitarbeiter arrangieren will: Überall stehen einem leere Wohnungen zur Verfügung. An einem Morgen hat er sich mit mir in einem wunderschönen Haus am Stadtrand verabredet, und als wir uns dort trafen, gestand er mir, dass wir gar keinen Kaufinteressenten erwarteten, sondern dass er mich nur dorthin bestellt habe, weil er verrückt nach mir sei und nicht länger habe warten können, um es mir zu sagen. Und ich habe natürlich angebissen und mich in seine Arme gestürzt!«

Sie bogen in eine schmale, nur von ein paar gelblichen Laternen beleuchtete Gasse ein.

»Ich bin überhaupt nicht auf den Gedanken gekommen, dass er mich belügen könnte. Oder dass er vielleicht verheiratet ist. Er klang so ehrlich, so romantisch … Und das Ganze kam total plötzlich! Noch nie habe ich mich so Hals über Kopf verliebt. Ich hatte keine Ahnung, wie toll und wie schrecklich so etwas sein kann. Es hat mich völlig überrumpelt. Aber ehrlich gesagt habe ich es in vollen Zügen genossen, wenigstens das bereue ich jetzt nicht. Es waren zwei irrsinnig schöne Monate mit ständigen Verabredungen zu jeder Tages- und Nachtzeit, und er war immer wahnsinnig aufmerksam.

Aber das Ende kam umso überraschender und hat mich komplett umgehauen. Ich glaube, es hatte etwas mit unserem letzten Treffen zu tun. Da war mir nämlich der fatale Satz rausgerutscht, ich werde ihn für immer lieben und von einer Zukunft mit ihm träumen. Es gibt einfach Männer, die ertragen es nicht, wenn man Verben ins Futur setzt. Ich bin mir sicher, dieser Satz hat ihm einen Mordsschreck eingejagt. Kein Wunder: Er ist nämlich verheiratet. Hatte mir aber nie etwas von seiner Frau erzählt. Und außerdem hat er zwei Kinder. *Die* sind seine Zukunft, ob er will oder nicht!

Plötzlich war er im Büro wie ausgewechselt. Nach außen zwar immer noch derselbe, genauso charmant, genauso schön wie eh und je, aber zu mir war er auf einmal eiskalt. Er fing an, mich wie eine x-beliebige Angestellte zu behandeln, und das nach allem, was wir zusammen erlebt hatten! Zwei Wochen lang habe ich versucht, das auszuhalten. Am Anfang dachte ich, es ginge, und nahm mir vor, ihm nicht hinterherzulaufen und ihm keine Szene zu machen. Schließlich sind wir erwachsene Menschen, und er war mir gegenüber ja zu nichts verpflichtet. Es war ja mein Problem, dass ich nicht früher kapiert hatte, was los war …

Aber eines Nachmittags habe ich dann die Nerven verloren. Ich sah ihn mit einer neuen Angestellten flirten und habe es einfach nicht länger ertragen. Ich bin in sein Büro geplatzt und habe genau das gemacht, was ich mir geschworen hatte, nicht zu tun: eine richtig große Szene, mit Tränen und allem, was dazugehört. Ihm war das natürlich wahnsinnig unangenehm, und zwar dermaßen, dass er mir gleich anschließend verkündet hat, er müsse sich gut überlegen, ob er mich in der Firma behalten könne, da ich in den drei Monaten, in denen ich dort angestellt war, keine einzige Wohnung verkauft hätte. Und das Schlimme ist, er hatte recht. Die Arbeit hat mich überhaupt nicht interessiert, das Einzige, was mich interessiert hat, war er. Deshalb habe ich alles akzeptiert, den Rausschmiss, die schriftliche Kündigung und sein Schulterklopfen zum Abschied. Und er hatte sogar die Frechheit, dabei zu sagen: ›Ich bin mir sicher, du findest eine Stelle, die dir mehr zusagt als diese. Ich wünsche dir alles Glück der Welt.‹«

Ángela machte eine Pause. Sie kämpfte mit den Tränen.

»Bestimmt«, fuhr sie fort, »hast du noch nie so eine dumme Gans wie mich kennengelernt.«

Iris blieb stehen, wandte sich zu Ángela und nahm sie spontan in die Arme, einfach so, weil sie das Gefühl hatte, ihre neue Freundin bräuchte jetzt genau das. Ángela beruhigte sich ein wenig und schaffte es, ihre Tränen herunterzuschlucken.

Die abendliche Kälte hatte zugenommen. Auf der anderen Straßenseite, den beiden genau gegenüber, schimmerte in den Fenstern einer Kneipe warmes Licht wie eine verlockende Werbung. Die Tür war zu, aber durch die Scheiben konnte man sehen, dass der Laden ziemlich voll war. Offenbar wurde dort gefeiert.

»Sollen wir mal reinschauen?«, fragte Ángela, die sich wieder gefangen hatte.

Ohne lange zu überlegen, überquerten sie die Straße, gingen hinein und spürten sofort, dass sie genau das Richtige getan hatten. In der Kneipe fand ein Livekonzert statt. Auf einer kleinen Bühne im hinteren Teil des Raumes spielte eine Band, bestehend aus einem Pianisten, einem Gitarristen und zwei Sängern, einem Mann und einer Frau. Iris und Ángela bahnten sich einen Weg durch die Menge und suchten nach einem Eckchen, vom dem aus sie das Konzert verfolgen konnten. Sie fanden einen Platz am Ende der Bar, und Ángela bestellte zwei Bier.

Iris schloss die Augen. Sie liebte Live-Musik und genoss dieses Erlebnis in vollen Zügen.

Sie konzentrierte sich auf das Stück, das gerade gespielt wurde.

Forget the past.
Forget what's next.
You are nowhere and
*Everywhere now.**

Fast eine Stunde lang hörten sie sich das Konzert an, tranken mehrere Flaschen Bier, tanzten und trauten sich sogar, der Aufforderung des Keyboarders zu folgen und ein paar Chorparts mitzusingen. Beim Schlussapplaus klatschten sie wie verrückt. Das Konzert hatte ihnen wahnsinnig gut gefallen.

Berauscht von der Musik, beschlossen sie, noch eine Runde zu bestellen. Während die Musiker ihre Instrumente einpackten, machten es sich die beiden Frauen an einem der Tische bequem.

»Seltsam, bis vor kurzem bin ich fast nie in Kneipen gegangen«, sagte Iris, »und jetzt scheinen sich ausgerechnet dort die wichtigsten Dinge in meinem Leben abzuspielen.«

Ángela hörte ihr zu und trank dabei kleine Schlucke von ihrem Bier.

»Ich bin nämlich auch in einer Umbruchphase«, fuhr Iris fort. »Aber ich habe Angst, dass ich es wegen meiner absurden Befürchtungen nicht schaffe, sie zu nutzen. Das Leben macht mir Angst, aber wie bisher weiterzumachen, ertrage ich auch nicht länger. Außerdem habe ich keine Ahnung, wie ich die vielen schmerzlichen Erinnerungen loswerden soll, die ich

---

* Vergiss die Vergangenheit./Vergiss, was als Nächstes kommt./Jetzt bist du nirgends/Und überall.

139

mit mir herumschleppe. Ich glaube, langsam werde ich zu einer verbitterten Mittdreißigerin.«

Sie unterhielten sich noch lange. Bis ihnen der Barkeeper, der allmählich Feierabend machen wollte, zwei Tassen frisch zubereiteten Kaffee auf den Tisch stellte. Auf jeder Untertasse lag ein silbernes Tütchen.

»Das sind Glückskekse. Ihr müsst lesen, was auf der Innenseite der Tütchen steht.«

Dieses Spielchen fanden sie witzig und rissen sofort die Verpackung auf, um nachzuschauen, welches Sprüchlein für sie auf dem Silberpapier stand.

»Ich glaube, mein Spruch wäre eher was für dich«, sagte Iris.

»Dasselbe habe ich eben auch gedacht«, antwortete Ángela und las Iris die Lebensweisheit vor, die sie schon einmal irgendwo gehört hatte: »*Verstehen kann man das Leben nur rückwärts, leben muss man es vorwärts.* Hier hast du die Antwort auf das, was dir zurzeit passiert. In einer Kekstüte.«

»Und in meiner steht die Lösung für deine Probleme«, sagte Iris und las laut: »*Weine nicht, weil etwas zu Ende ist, lächle, weil es existiert hat.*«

»Wir haben unsere Schicksale ausgetauscht«, lachte Ángela, »Genau, was wir vorhatten!«

»An deiner Stelle würde ich dein Leben aber nicht für meins hergeben. Glaub mir, es ist grauenvoll«, warnte Iris sie glucksend.

»Das Gleiche würde ich über mein Leben sagen!«

Beide prusteten los. Ihre Albernheit kam vom Alkohol, das wussten sie. Trotzdem konnten sie einfach nicht aufhören zu lachen, als wären sie plötzlich voll-kommen durchgedreht.

Der Barkeeper rief sie zur Ordnung, aber es war zwecklos. Wie bei Jugendlichen, die man in einer erns-ten Situation auffordert, sich am Riemen zu reißen, erreichte er damit genau das Gegenteil: Ihr Lachdrang wurde nur noch stärker.

»So, Mädels, jetzt beruhigt euch mal«, sagte er schließlich. »In ein paar Minuten machen wir dicht. Übrigens, falls ihr es noch nicht bemerkt haben soll-tet: Es schneit.«

Derweil schallte aus den Kneipenlautsprechern ein Lied, das keine von beiden noch aufzunehmen in der Lage war:

Dreaming with open eyes
Is an art to be learnt
In the secret school of twilight. *

---

* Mit offenen Augen zu träumen/Ist eine Kunst, die man lernen kann/In der geheimen Schule der Dämmerung.

Wenn es schneit, isst niemand Eis

»Das war gestern ein richtig magischer Abend«, schwärmte Iris am Telefon, kaum dass sie Olivier begrüßt hatte.

»Meinst du wegen des Schnees?«, fragte er.

»Unter anderem. Aber ich hatte auch das Gefühl, überall waren Engel unterwegs, die den Leuten beibrachten, zu fliegen oder ihre Wünsche wahr werden zu lassen!«

»Du klingst ja heute richtig beschwingt. Das freut mich, ich wollte dir nämlich vorschlagen, zusammen spazieren zu gehen. Wie wär's, hättest du Lust? Schnee hat uns doch immer Glück gebracht. Ich weiß, ich hatte dir versprochen, dich nicht zu bedrängen, aber so viel Schnee wie heute fällt nicht oft.«

»Ganz deiner Meinung, aber heute Morgen kann ich leider nicht, ich muss erst noch etwas Wichtiges erledigen.«

Sie spürte sofort, dass ihre Antwort den hartnäckigen Olivier nicht begeisterte. Rasch fügte sie abenteuerlustig hinzu:

»Aber wir könnten vielleicht nachher irgendwo an

einem tiefverschneiten, von der Außenwelt abgeschnittenen Ort zu Mittag essen.«

Ihre Worte taten die gewünschte Wirkung. Olivier lachte nervös auf, wie jemand, der es nicht gerade gewohnt ist, dass man ihm irgendwelche Angebote macht. Seine Stimme klang euphorisch, als er zusagte, und sie verabredeten, sich in ein paar Stunden zu treffen.

Iris' Laune hatte sich nach den vielen positiven Ereignissen der vergangenen Tage zwar deutlich gebessert, aber noch stand der Besuch im Eiscafé *El Centauro* aus, dem Lokal, aus dem das Schokoladenherz stammte. Sie hatte das Gefühl, dass sie ihn nicht weiter hinausschieben konnte, ahnte aber auch, dass das, was sie dort erwartete, vieles verändern würde. Noch konnte sie nicht wissen, wie recht sie mit ihren Vermutungen hatte.

Sie packte sich warm ein, zog ihre Winterstiefel mit den Gummisohlen an, wickelte sich ihren dicken Schal um den Hals und steckte ihre Handschuhe ein, bevor sie sich in Schnee und Kälte hinauswagte. Die verschneite Stadt sah wunderschön und fremd aus, als hätte sie sich zu einem besonderen Anlass herausgeputzt.

Iris beschloss, zu Fuß zu gehen, die Kälte zu genießen und sich angesichts der weißen Pracht von der ausgelassenen Stimmung der Passanten anstecken zu lassen. Das Lokal, das sie suchte, lag nicht gerade um die Ecke, aber sie hatte Lust auf einen Spaziergang im Schnee.

Allein schon, durch die in eine Polarlandschaft ver

wandelte Mittelmeerstadt zu laufen, war etwas höchst Ungewöhnliches, noch eigenartiger aber erschien es Iris, an einem so klirrend kalten Tag ein Eiscafé aufzusuchen.

El Centauro lag in einer schmalen Fußgängerstraße. Ein Holzschild mit großen roten Buchstaben sagte ihr, dass sie ihr Ziel erreicht hatte. Drinnen brannte Licht, aber der Rollladen des Lokals war halb heruntergelassen.

Iris ging trotzdem zur Metalltür und klopfte dreimal dagegen. Im Café hallte das Klopfen wie Gongschläge, die den Anfang oder das Ende von etwas ankündigen.

Energische Schritte näherten sich der Tür, dann glitt der Rollladen, von einem elektrischen Mechanismus angetrieben, in die Höhe, und vor Iris stand eine kräftige Frau mit rosigen Wangen.

»Was kann ich für Sie tun? Wir haben geschlossen.«

»Ich suche den Besitzer des Eiscafés.«

»Das bin ich. Paula.«

»Freut mich, ich bin Iris.«

Sie gaben sich die Hand, und die Frau musterte Iris mit zusammengekniffenen Augen, als fragte sie sich, ob sie ihr vertrauen könne. Dann trat sie zur Seite. »Kommen Sie rein«, sagte sie, »bleiben Sie nicht draußen in der Kälte stehen.«

Iris betrat das Lokal, stampfte den Schnee von den Stiefeln und knöpfte sich den Mantel auf. Die Frau ließ den Rollladen wieder herunter und ging zur Theke.

Das Eiscafé war geräumig und in freundlichen Farben gehalten. An der Theke reihten sich Wannen mit bunten Eissorten aneinander, mehrere Regale boten ein reichhaltiges Sortiment an Keks-, Bonbon- und Pralinenpackungen an. Die gesamte Einrichtung wirkte nagelneu. In einem Schälchen neben der Kasse entdeckte Iris Dutzende weißer Schokoladenherzen, die genauso aussahen wie das, das sie hergeführt hatte.

»Eigentlich wollten wir das Café heute eröffnen«, erklärte Paula, »aber bei dem Wetter wäre das, glaube ich, keine gute Idee.«

»Ein sehr schöner Laden«, sagte Iris, während sie sich fragte, was sie hier eigentlich verloren hatte.

»Ich freue mich, dass er Ihnen gefällt, Sie sind nämlich unsere erste Kundin. Was hätten Sie denn gern? Heute geht alles aufs Haus.«

»Nein, nein, ich möchte keine Umstände machen.«

Paula lächelte und schüttelte den Kopf.

»Sie machen mir keine Umstände, ehrlich. Nur zu, ich könnte mir vorstellen, dass Sie jetzt nicht unbedingt Lust auf ein Eis haben. Wollen Sie vielleicht einen Kaffee? Oder eine heiße Schokolade? Bei der Kälte draußen ist das doch genau das Richtige.«

Da konnte Iris nicht nein sagen. Während Paula ihr das Getränk zubereitete, erkundigte sie sich bei Iris, wie sie auf das Eiscafé gestoßen sei.

»Man könnte sagen, es wurde mir von jemandem empfohlen, der mich gut kennt. Er hat mir das hier geschenkt«, sagte sie und nahm das weiße Schokoladenherz, das sie im Lagerraum gefunden hatte, aus der Tasche.

»Ach! Das muss aber ein ganz lieber Mensch gewesen sein. Wahrscheinlich kenne ich ihn sogar. Während der endlosen Renovierungsarbeiten sind nämlich nicht gerade viele Leute hier vorbeigekommen.«

Iris wollte schon nachhaken, um zu erfahren, wer denn eines dieser Herzen hätte erstehen können, aber Paula erzählte weiter:

»Sie können sich nicht vorstellen, wie es hier aussah. Der Brand hatte alles zerstört.«

»Der Brand?«, fragte Iris verwundert.

»Ja klar, haben Sie das denn nicht mitbekommen? Es stand doch in der Zeitung. Als ich das Lokal zum ersten Mal besichtigt habe, sah es grauenvoll aus. Aber nur deshalb konnte ich mir die Pacht leisten. Man hat mir einen guten Preis gemacht, allerdings unter der Bedingung, dass ich den Laden schnell wieder eröffne. Ich kann Ihnen sagen, es war nicht leicht, aus dem Lokal das zu machen, was Sie hier vor sich sehen.«

Iris schaute sich noch einmal bewundernd in dem Raum um, in dem nicht die geringste Spur eines Feuers zu entdecken war.

»Kommen Sie mal mit, ich zeige Ihnen das bisschen, das ich hier nach dem Desaster in den Trümmern gefunden habe.«

Paula führte sie in einen Raum hinter dem Laden.

In einer von schwarzen Brandspuren überzogenen Ziegelsteinmauer gähnte die Öffnung eines Holzofens. Daneben stapelten sich in einer riesigen Plastikwanne Schüsseln und Teller, die alle ziemlich angeschlagen aussahen.

»Das ist alles, was geblieben ist vom besten italienischen Restaurant weit und breit. Hier im Viertel war es sehr beliebt. Ich hoffe, die Leute hassen mich jetzt nicht, weil ich seinen Platz eingenommen habe.«

Iris' Blick blieb am Design des Geschirrs hängen. Die Ränder der Teller und Schüsseln zierten je zwei Streifen in Rot und Grün, den Farben der italienischen Fahne. Und in der Mitte formten Buchstaben in denselben Farben einen Namen, der Iris erstarren ließ:

CAPOLINI

»Wissen Sie zufällig, woher der frühere Pächter des Restaurant stammt?«, fragte sie mit klopfendem Herzen.

»Keine Ahnung … Der Besitzer wollte nicht so recht über ihn reden. Vielleicht, weil er meine Reaktion fürchtete. Von jemand anders erfuhr ich später, dass der Pächter verletzt wurde. Offenbar hat er sich in der Nacht des Brandes hier im Lokal aufgehalten. Mehr weiß ich nicht, tut mir leid.«

Iris ging zurück zu dem Tisch, auf dem ihre Tasse Kakao stand, und griff eilig nach ihrer Tasche.

»Ich muss los«, rief sie.

»Sie kommen doch hoffentlich mal wieder, wenn es aufgehört hat zu schneien«, rief Paula zum Abschied.

Aber Iris hörte ihre Worte kaum noch. Ihr war plötzlich so heftig nach Weinen zumute, dass sie nur noch ein »Danke schön« stammeln konnte, bevor sie das Lokal verließ. Wie eine Schlafwandlerin machte sie sich auf den Heimweg.

Über die Hälfte der Strecke lag hinter ihr, als ihr einfiel, dass sie das Schokoladenherz auf dem Tisch vergessen hatte. Aber es war ihr egal, im Gegenteil, sie fand es sogar absolut logisch, dass sie es gerade dort hatte liegen lassen.

Schließlich eignet sich nicht jeder Platz dazu, sein Herz zu verlieren – auch wenn es nur aus Schokolade ist.

Die Vergangenheit riecht
nach altem Papier

»Nur in alten Zeitungen und abgeschickten Postkarten bleibt die Vergangenheit wirklich erhalten.«

Diesen Satz las Iris auf einem Schild an der Wand, während sie darauf wartete, dass der Mitarbeiter des Zeitungsarchivs, ein Mann in weißem Hemd und mit schwarzer Hornbrille, ihr brachte, worum sie gebeten hatte.

Es roch nach Staub und altem Papier. An allen vier Wänden des Saals standen hohe Vitrinen, in denen sich zahllose Bände mit den ältesten archivierten Zeitungen aneinanderreihten. Die neueren Ausgaben lagerten in einem Nebenraum, aus dem der Archivmitarbeiter gerade mit den von Iris bestellten Nummern zurückkam.

»Sind Sie sicher, dass Sie die Zeitungen nicht im Internet durchsehen wollen?«, fragte er, während er ihr zwei dicke Bände überreichte.

»Sicher«, antwortete sie.

»Ich bin im Raum nebenan. Falls Sie mich brauchen, drücken Sie einfach auf die Klingel«, sagte der

Mann, bevor er wieder durch die große hölzerne Doppeltür verschwand.

Iris blieb allein in der dichten Stille zurück.

»Dann mal los«, sagte sie sich, während sie den ersten der beiden Bände aufschlug, um auf den Lokalseiten der vergangenen sieben Monate die Schlagzeilen zu lesen.

Die Suche gestaltete sich nicht besonders schwierig, da die Seiten mit den Lokalnachrichten farblich von den übrigen abgesetzt waren. Sie brauchte also nur von einem farbigen Lokalteil zum nächsten zu blättern, bis sie schließlich auf den Artikel stieß, um den es ihr ging.

Pizzeria Capolini bei Brand vollständig zerstört

In den frühen Morgenstunden des gestrigen Tages verwüstete ein Brand die beliebte Pizzeria *Capolini*. Kurz nach zwei Uhr morgens, nachdem der Wirt das Restaurant geschlossen hatte, brach das Feuer in einem der Holzöfen aus, in dem jene Pizzen gebacken wurden, für die das Lokal so berühmt war. Die Flammen breiteten sich rasch in der Küche aus, griffen auf die Wände und schließlich auf die Gaststube über. Ein Nachbar alarmierte die Feuerwehr, die eine halbe Stunde später eintraf, als der Schaden bereits irreparabel war.

Da die Eingangstür des Restaurants verschlossen war, nahm man zunächst an, es sei niemand bei dem Brand zu Schaden gekommen. Laut einer späteren Mitteilung der Feuerwehr erlitt jedoch der Wirt, der Italiener Luca Capolini, schwere Verletzungen. Vermutlich war er im hinteren Bereich des Restaurants eingeschlafen, als das Feuer ausbrach. Er wurde ins Hospital del Mar eingeliefert, wo man sich noch zurückhaltend zu seinem Gesundheitszustand äußert.

Ein Foto zeigte, wie die Pizzeria vor dem verheerenden Brand ausgesehen hatte. Große Fenster rahmten die Eingangstür ein, über der eine italienische Flagge und Lucas Name prangten. Das *Capolini* schien eines jener Lokale gewesen zu sein, die allgemein für gutes Essen und gesellige Atmosphäre stehen.

Mit angehaltenem Atem las Iris den Artikel zu Ende. Sie war völlig durcheinander. Wieso hatte Luca ihr nichts davon erzählt? Kein einziges Mal hatte er den Brand erwähnt. Und was für ein makabrer Zufall, dass er in dasselbe Krankenhaus eingeliefert worden war, in das man auch ihre Eltern nach dem Unfall gebracht hatte!

Erst da kam ihr der Gedanke, oben auf der Seite nach dem Datum zu schauen: achter November.

Sie schluchzte los wie ein kleines Kind. Nichts konnte ihre Tränen aufhalten. Fluchtartig verließ sie das Archiv. Der dicke Zeitungsband blieb offen auf dem Tisch liegen, und auch den Stuhl hatte sie nicht wieder zurückgeschoben.

Draußen auf der Straße winkte sie ein Taxi heran und bat den Fahrer, sie zum Hospital del Mar zu bringen.

»Es ist alles nur Zufall, ich sollte es mir nicht so zu Herzen nehmen«, sagte sie sich immer wieder, während sie durchs Autofenster die Stadt an sich vorbeiziehen sah.

Die Entdeckung, dass Lucas Brandunfall in der Pizzeria sich in derselben Nacht, ja sogar fast zur selben Stunde ereignet hatte wie der Tod ihrer Eltern, machte sie maßlos traurig.

»Vielleicht ist es an der Zeit, ein für alle Mal mit der Vergangenheit abzuschließen«, dachte sie, als sie von weitem die Silhouette des Krankenhauses erkannte.

Der Schritt über die Schwelle
der Wahrheit

Nie wird uns an Orten, an denen wir sehr unglücklich waren, ein Lächeln gelingen.

Für Iris war das Hospital del Mar ein solcher Ort. Sie erinnerte sich, als wäre es gestern gewesen, an den verhängnisvollen Morgen, an dem sie die schreckliche Nachricht erhalten hatte:

»Ich rufe aus dem Hospital del Mar an. Ihre Eltern hatten einen Autounfall und wurden vor knapp einer Stunde bei uns eingeliefert.«

»Geht es ihnen gut?«, war das Einzige, was Iris, halb verschlafen und unter Schock, mit wackeliger Stimme fragten konnte.

»Das würde ich Ihnen lieber persönlich sagen«, antwortete die Person am anderen Ende. Da begann Iris, das Schlimmste zu befürchten.

Es folgte die bedrückendste Fahrt ihres Lebens, eine Fahrt voller Ungewissheit und entsetzlicher Vorahnungen. Zum ersten Mal in ihrem Leben fühlte sich Iris leer und vollkommen hilflos. »Ich werde nicht rechtzeitig da sein, ich werde nicht rechtzeitig da sein«, wiederholte eine Stimme in ihrem Kopf pausenlos.

Noch ahnte Iris nicht, dass viele der Gefühle, die jetzt in ihr aufstiegen, sie erst nach langer Zeit verlassen würden.

Im Gespräch mit der diensthabenden Ärztin bestätigten sich ihre Befürchtungen. Sie würde ihre Eltern nicht mehr lebend sehen. Beide waren kurz nach ihrer Einlieferung ins Krankenhaus gestorben – gemeinsam, so wie sie alles im Leben gemacht hatten.

Als Iris das Krankenhaus nun erneut betrat, schnürten ihr die Erinnerungen an jenen Tag die Kehle zu.

An der Information erkundigte sie sich bei einer mürrischen Krankenschwester, wohin Brandopfer gebracht würden.

»Wollen Sie einen Angehörigen besuchen?«, fragte die Frau.

»Ja«, log Iris.

Die Frau wies nach rechts. »Fragen Sie die Schwester am Ende des Ganges.«

Dort angekommen, stieß Iris auf eine zweite, ebenso unsympathische Person, der sie die gleiche Frage stellte.

»Wie heißt denn der Patient, nach dem Sie suchen?«, fragte die Schwester, eine ältere Frau in grüner Kluft und mit tiefen Tränensäcken unter den Augen.

»Luca Capolini«, sagte Iris. »Er wurde bestimmt schon entlassen.«

Daran bestand für sie kein Zweifel. Sie hatte Luca ja etliche Wochen nach dem Brand, von dem sie eben in der Zeitung gelesen hatte, kennengelernt. Auch konnten seine Verbrennungen nicht besonders schwer gewesen sein – vermutlich war er eher wegen einer Rauchvergiftung eingeliefert worden –, denn sie erinnerte sich nicht, in seinem Gesicht oder auf seinen Händen irgendwelche Narben gesehen zu haben.

Die einzige Spur, die sie zu ihm führen konnte, war dieses Krankenhaus, in das man ihn damals eingeliefert hatte.

Die Frau gab Lucas Namen am Computer ein und suchte mit leicht zusammengekniffenen Augen den Bildschirm ab.

»Sind Sie sicher, dass er so heißt?«, fragte sie.

»Ist er nicht registriert?«

Die Krankenschwester schaute sie über ihre Brille hinweg an.

»Warten Sie einen Moment«, sagte sie, stand auf und verschwand in einem angrenzenden Büro.

Iris blieb allein zurück und fragte sich beklommen, was eigentlich los war. Am liebsten hätte sie selbst einen Blick auf den Bildschirm geworfen, aber der Anstand verbot es ihr. Nach kurzer Zeit tauchte die Krankenschwester wieder auf.

»Kommen Sie bitte mit«, bat sie Iris.

Gemeinsam liefen sie einen endlosen Gang entlang, bis zu einem Wartesaal, in dem rings an den Wänden gepolsterte Stühle standen.

»Warten Sie hier einen Moment, gleich kommt ein Arzt zu Ihnen«, sagte die Schwester, bevor sie verschwand und Iris erneut allein zurückblieb.

Iris setzte sich hin und wartete, nervös und verwirrt. Plötzlich kam sie sich lächerlich vor in diesem Wartezimmer. Was würde sie denn tun, wenn sie Lucas Aufenthaltsort ausfindig gemacht hätte? Ihn fragen, warum er ohne ein Wort des Abschieds gegangen war? Ihm gestehen, dass sie sich in ihn verliebt hatte? Sie schüttelte den Kopf und dachte: »Ich darf mich nicht immer von Impulsen leiten lassen, das muss ich mir unbedingt abgewöhnen.«

Während sie abwesend Richtung Tür schaute, war ihr plötzlich, als sähe sie draußen auf dem Gang eine schlanke, vornehme Erscheinung mit längerem weißem Haar vorbeilaufen, einen Mann in einem weißen Kittel, unter dem ein ganz gewisser gestreifter Stoff hervorschaute. Kein Zweifel, da lief der Zauberer vorbei. Als sie aber auf den Gang hinaustrat, um sicherzugehen, dass er es war, hatte er sich in Luft aufgelöst wie eine Fata Morgana.

»Bin ich jetzt völlig verrückt geworden?«, fragte sie sich und kehrte in den Wartesaal zurück. Im selben Augenblick kam der Arzt herein.

»Sind Sie die Dame, die sich nach Señor Capolini erkundigt hat? Sind Sie eine Verwandte?«

»Nein, eine Freundin.«

»Verstehe. Setzen Sie sich doch bitte. Ich glaube, es gibt da etwas, was Sie nicht wissen.«

Der Arzt, ein Mann mittleren Alters, glatt rasiert und mit tiefblauen Augen, wirkte freundlich und vertrauenerweckend, was Iris ein wenig beruhigte.

»Ich muss zugeben, ich bin etwas verwundert«, sagte der Arzt. »Señor Capolini war eine Zeitlang bei uns, aber niemand hat sich für ihn interessiert. Ich schloss daraus, dass er wohl auch niemanden hatte, was ich natürlich sehr traurig fand. Kein Mensch hat es verdient, in den schlimmsten Momenten seines Lebens völlig allein zu sein, finden Sie nicht?«

»Ja, natürlich«, sagte Iris.

»Deshalb erscheint mir Ihr Besuch wie ein Segen. Selbst wenn es schon spät ist, tröstet es doch, zu wissen, dass jemand ihn vermisst.«

»Selbst wenn es schon spät ist?«, fragte Iris verständnislos.

Der Arzt blickte ihr in die Augen und legte eine Hand auf die ihre. Er wirkte nicht wie jemand, der es gewohnt ist, schlechte Nachrichten zu überbringen. Vielleicht gewöhnt sich auch niemand je ganz daran.

»Señor Capolini ist vor zwei Wochen verstorben, das ist die schmerzliche Wahrheit«, sagte der Arzt.

Iris schüttelte den Kopf.

»Aber … das kann nicht sein. Vor zwei Wochen? Nein.« Sie schüttelte noch einmal energisch den Kopf. »Das ist unmöglich.«

»Sein Organismus hat schließlich kapituliert«, erklärte der Arzt. »Allerdings bestand schon bei seiner Einlieferung kaum Hoffnung. Ein länger anhaltendes Koma überleben nur wenige Menschen, selbst wenn sie noch so jung sind wie er.«

Iris' Augen füllten sich mit Tränen.

»Es tut mir wirklich sehr leid«, sagte der Arzt. »Ich hätte Ihnen gerne bessere Nachrichten überbracht.«

»An was für … was für einem Tag ist er gestorben?«

»An einem Sonntagnachmittag. Dem ersten Sonntag nach Weihnachten.«

Nur zu gut erinnerte sich Iris an diesen Sonntag. Es war der Tag, an dem ihr Leben eine Wendung nahm.

Der Tag, an dem sie Luca im *Am schönsten auf der Welt ist es gleich hier* kennengelernt hatte. An dem ein Engel sie davor bewahrt hatte, von der Brücke in den Tod zu springen. Sie wusste sogar noch genau, um wie viel Uhr das gewesen war.

»Lassen Sie mich raten«, sagte sie mit bebender Stimme. »Er ist um fünf Uhr nachmittags gestorben.«

»Genau. Ich selbst habe den Totenschein ausgestellt.«

Iris merkte, dass sie diesen Ort schleunigst verlassen musste. Nach einem hingenuschelten »Danke für alles« verabschiedete sie sich hastig von dem Arzt. Sie hatte es so eilig, zum Ausgang zu kommen und die kühle Luft auf ihrem Gesicht zu spüren, dass sie kaum noch hörte, was der Arzt ihr zum Abschied sagte:

»Wer jemanden hat, der um ihn trauert, ist nicht mehr ganz so allein.«

Wie eine Schlafwandlerin lief sie den Krankenhausflur entlang. Ihr Herz raste, und Tränen verschleierten ihr die Sicht.

Plötzlich drehte sich alles vor ihren Augen. Sie musste sich irgendwo hinsetzen. Zu ihrer Rechten erkannte sie eine Toilettentür. Ohne zu zögern, stieß sie sie auf.

Der Toilettenvorraum war in ein angenehmes Dämmerlicht getaucht. Iris ging zum Waschbecken und spritzte sich kaltes Wasser ins Gesicht. Ihrem Spiegelbild wich sie aus, sie hatte keine Lust, ihr Gesicht zu sehen. In einer Ecke des Vorraumes stand eine Bank, dort setzte sie sich hin, schloss die Augen und atmete tief.

»Gleich ist es vorbei«, sagte sie sich.

Und tatsächlich ging es ihr sofort etwas besser, wie jemandem, der Abstand von allem gewinnt. Oder der im Begriff ist, die kompliziertesten Dinge des Lebens zu begreifen.

Das Glück ist ein Vogel, der fliegen kann

»Hallo, Iris, ich bin's, Luca. Mach die Augen nicht auf. Beweg dich nicht. Es gibt Dinge, die nur in der Gegenwart geschehen, erinnerst du dich?

Wie die Geschichte, die ich dir erzählen möchte. Es ist die Geschichte von einem Ende, aber ich verbiete dir, traurig zu werden. Es ist kein Drama, sondern genau das Gegenteil. Ich werde dir von der Schönheit erzählen, davon, wie sie manchmal im allerletzten Moment auftaucht, wenn man die Suche nach ihr schon aufgegeben hat. Deshalb ist meine Geschichte eine heitere Geschichte.

Stell dir vor, du kommst in ein Zimmer, in dem ein junger Mann, der dein Freund ist, seine letzten Minuten verlebt. Stell dir vor, du ergreifst seine Hand, wünschst ihm alles Gute, vergießt ein paar Tränen um ihn und sagst ihm aufrichtig und tieftraurig, wie sehr du ihn vermissen wirst. Stell dir vor, eine Sekunde später stirbt dein Freund. Er öffnet die Augen nicht mehr, aber du weißt, dass er sich von dir verabschiedet hat, denn du glaubst gespürt zu haben, wie seine Hand die deine ganz leicht gedrückt hat. Es war eine warme

Geste, auch wenn du sie kaum wahrgenommen hast. Du weißt, dass deine letzten Worte ihm geholfen haben, gelöster und unendlich viel glücklicher aus dem Leben zu gehen.

Was du nicht wissen kannst: Dieser Mann war ein arroganter Mensch, der immer nur auf zwei Dinge fixiert war: Frauen und Geld. Im Laufe seines Lebens hat er all jene enttäuscht, die ihm nahestanden. Angefangen bei seinen Eltern, die jahrelang vergeblich auf die schönste Nachricht warteten, die sie von ihm hätten bekommen können: die Nachricht, dass er sie ein wenig vermisste. In der Liebe hatte er, völlig unverdient, mehr Glück als die meisten. Er lernte eine Frau kennen, der er alles auf der Welt bedeutete, aber er war unfähig, zu begreifen, was für einen wunderbaren Menschen er getroffen hatte.

Und so war er in der Stunde seines Todes tatsächlich allein, nur die Krankenschwester, die in dieser Nacht Dienst hatte – eine Frau, die er noch nie zuvor gesehen hatte –, war in seiner Nähe. Das Letzte, was er dachte, als er durch einen sehr langen Tunnel auf ein strahlendes Licht zuging, war: »Es wäre schön, wenn mein Tod irgendjemandem leidtäte, wenn irgendjemand um mich weinte.« Zu anderen Zeiten hätte ihn dieser Gedanke vor Scham erröten lassen und wäre in seinen Augen etwas für andere gewesen. Schließlich sagte er sich: »Klagen hat keinen Sinn mehr, jetzt ist es für alles zu spät.«

Aber – auch wenn es noch so erstaunlich klingen mag – der wichtigste Teil seiner Geschichte sollte erst noch beginnen. Er war nicht allein. Durch den Tunnel wanderten noch andere Leute. Er ging gleich auf ein älteres Ehepaar zu, das sehr traurig wirkte. Der Mann und die Frau erzählten ihm, sie seien mit ihrem Wagen gegen einen LKW geprallt. Man habe sie ins Krankenhaus eingeliefert, und dort seien sie gestorben.

Ihre Stimmen klangen sonderbar, als gehörten sie nicht der Wirklichkeit, sondern der Welt der Träume an, als wären sie seiner eigenen Phantasie entwachsen. Auf diese Weise, so hatte er einmal gehört, schlichen sich die Toten in die Welt der Lebenden. Die beiden erklärten ihm, der Tod an sich sei für sie nicht schmerzlich. Doch dass sie gehen müssten, ohne sich von dem Menschen zu verabschieden, den sie auf der ganzen Welt am meisten liebten, von ihrer einzigen Tochter, das bedauerten sie zutiefst.

»Wenn man geht, ohne sich zu verabschieden, geht man für immer«, sagte der Mann.

»Und um glücklich sein zu können, muss man die Toten gehen lassen. Und die Lebenden festhalten«, ergänzte die Frau.

Dann sagte sie mit tieftrauriger Stimme:

»Für unsere Tochter ist das Glück wie ein Vogel. Sie hat Angst, sie könnte es erschrecken und es flöge davon.«

Dem verstorbenen jungen Mann wurde eines klar: Diese beiden Menschen, die ihr ganzes Leben miteinander verbracht hatten, waren in dem Wunsch nach dem Glück ihrer Tochter vereint. Wie schön, dachte er, selbst jenseits der Welt der Lebenden noch etwas zu teilen!

Im nächsten Augenblick lösten sich beide in Luft

auf. Oder er hörte nur ihre Stimmen nicht mehr. In diesem merkwürdigen Dämmerzustand war nichts wirklich eindeutig.

Die geisterhafte Begegnung lehrte den jungen Mann eine wichtige Lektion. Er wusste, dass seine Zeit auf Erden vollkommen sinnlos gewesen war, weil er niemanden glücklich gemacht hatte. Nun wünschte er sich das Unmögliche: etwas daran ändern zu können.

Da geschah etwas noch Merkwürdigeres. Plötzlich und ohne zu wissen, wie, fand er sich an einem Ort wieder, an dem Zauberei noch möglich schien. Dort begegnete er einer Frau mit großem Herzen. Er sah, dass er eine zweite Chance bekommen sollte und sie unbedingt nutzen musste. Nicht nur für sich selbst, nein, er würde auch den letzten Wunsch jener besorgten Eltern nach dem Glück ihrer einzigen Tochter erfüllen können. Nachdem diese Aufgabe erledigt wäre, könnte er endgültig gehen. Deshalb nahm er sich vor, das Beste daraus zu machen.

Jetzt musst du ihm sagen, ob ihm dies geglückt ist oder ob er ein weiteres Mal gescheitert ist.«

Iris' Augen schwammen in Tränen.

»Sie waren es, die dich geschickt haben …«, hörte sie sich sagen, und ihre Stimme klang wie aus weiter Ferne.

»Und du hast sie beruhigt aus dem Leben gehen lassen. Gleichzeitig hast du mich gerettet. Ich möchte mich bei dir bedanken, bevor ich nun Abschied nehme.«

»Du gehst?«

Es kam keine Antwort. Stattdessen hörte Iris, wie sich die Tür zum Toilettenvorraum öffnete. Jemand schaltete das Licht ein. Geblendet schaute sie auf den großen Reinigungswagen, den eine füllige Frau in blauem Kittel an ihr vorbeischob.

»Oh, tut mir leid …«, stammelte die Frau. Sie blieb stehen und musterte Iris. »Alles in Ordnung mit Ihnen?«

»Ja, ja …« Iris stand eilig auf. »Ich weiß auch nicht, was mit mir los war. Mir ist auf einmal etwas schwindelig geworden, aber es geht schon wieder viel besser.«

Draußen auf der Straße wischte sie sich die letzten Tränen von den Wangen. Die kalte Luft holte sie endgültig in die Wirklichkeit zurück.

Sie bat den Taxifahrer, an der Küstenpromenade entlangzufahren, um einen Blick auf die Wohnung zu werfen, die Olivier ihr gezeigt hatte. Sie wollte sich dem Glück nähern, aber ganz langsam, ohne Eile.

»Nicht, dass es gleich davonflattert, wenn es mich sieht«, dachte sie, während das Taxi zu ihrer eigenen Wohnung weiterfuhr, die sie schon nicht mehr als ihr Zuhause empfand.

Das Leben in Umzugskisten packen

»Iris, meine Liebe, ich bin's, Ángela. Erinnerst du dich an den großen Mann, den Deutschen, der deine Wohnung besichtigt hat? Er hat mich angerufen und mir gesagt, dass er sie kaufen will. Mit dem Preis ist er einverstanden, außerdem hat es ziemlich eilig. Der Arme wusste gar nicht, dass ich nicht mehr für die Agentur arbeite. Na ja, auf jeden Fall wird mein blöder Ex-Chef dich anrufen, um es dir zu erzählen. Ich wollte dir nur meine Hilfe anbieten für den Fall, dass du jemanden zum Kistenpacken brauchst. Ich bin nämlich Expertin, wenn es darum geht, das Leben zusammenzupacken und woandershin zu gehen. Ach ja, und herzlichen Glückwunsch!«

Die zweite Nachricht kam von der Immobilienagentur. Eine männliche Stimme teilte Iris in ernstem, neutralem Ton das Gleiche mit, was sie gerade von Ángela erfahren hatte, und fügte hinzu:

»Der Interessent würde sich die Wohnung gerne noch einmal ansehen, bevor er die Möbel bestellt. Bitte rufen Sie uns doch zurück, damit wir mit den nötigen Formalitäten beginnen können.«

Die letzte Nachricht stammte von Olivier. Seine Stimme klang alles andere als fröhlich.

»Hallo, Iris. Ich weiß, es ist eines meiner typischen Probleme, dass ich nicht merke, wann ich anderen auf die Nerven gehe. Tut mir sehr leid, ich hätte mir gewünscht, dass du mich nicht so schnell satthast. Ich wollte dir einfach sagen, dass ich nur deshalb so hartnäckig bin, weil du für mich eine ganz besondere Frau bist, anders als alle Frauen, die ich bisher kennengelernt habe. So besonders, dass … Siehst du, ich fange schon wieder an! Nicht mal, wenn man mich sitzenlässt, lerne ich was draus … Na ja … Pass gut auf dich auf und werde glücklich. Die Welt wäre weniger schön ohne dich.«

Während sie Oliviers Nachricht abhörte, begann Iris' Herz höherzuschlagen. Bei allem, was an diesem Tag passiert war, hatte sie völlig vergessen, dass sie zusammen essen gehen wollten. Sie malte sich aus, wie Olivier stundenlang vor der Tür ihres Hauses gewartet und sich gefragt hatte, was wohl passiert sei, und wie er – das hatte sie ja soeben gehört – seine eigenen Schlussfolgerungen gezogen und sich schließlich geschlagen gegeben hatte. Und das ausgerechnet jetzt, wo sie etwas für ihn zu empfinden begann …

»Und trotzdem hat er freundliche Worte gefunden«, dachte sie beeindruckt.

Aber bevor sie sich um Olivier kümmern konnte, musste sie noch dringend etwas klären. Beherzt wählte sie die Nummer der Immobilienagentur und verlangte nach dem Chef. Am anderen Ende der Leitung erklang dieselbe monotone Stimme, die auch auf den

Anrufbeantworter gesprochen hatte. Iris gab sich alle Mühe, entschlossen zu klingen:

»Ich möchte, dass die Maklerin, die dem Interessenten beim ersten Mal meine Wohnung gezeigt hat, ihn auch beim nächsten Besuch begleitet.«

Im typischen Tonfall eines selbstsicheren Mannes erklärte ihr der Leiter der Agentur, diese Angestellte arbeite nicht mehr bei ihnen, aber sehr gern werde sich ein anderer Mitarbeiter um die Angelegenheit kümmern.

»Nein, ich fände es nicht in Ordnung«, fiel Iris ihm ins Wort, »wenn jemand anders das übernimmt. Diese Dame, ich komme nicht mehr auf ihren Namen …«

»Ángela«, sagte er.

»Genau, Ángela. Ich finde, Ángela hat ihre Sache hervorragend gemacht. Es wäre nicht korrekt, sie außen vor zu lassen. Der Verdienst kommt ihr zu.«

Die Stimme am anderen Ende klang jetzt leicht angespannt. Iris spürte, wie der Mann nervös wurde.

»Tut mir leid, aber das wird nicht gehen. Ich habe Ihnen ja bereits gesagt, dass Ángela nicht mehr für uns arbeitet.«

»Dann will ich die Wohnung lieber nicht verkaufen. Sagen Sie Ihrem Kunden, ich hätte meine Meinung geändert. Auf Wiederhören«, erwiderte Iris und legte auf.

Ihre Hände zitterten. So schroff war sie sonst nie. Aber sie glaubte fest daran, dass ihr Plan aufgehen und sie es schaffen würde, Ángela zukommen zu lassen, was sie verdient hatte.

Sie wartete auf das erneute Klingeln des Telefons,

aber nichts geschah. Neben ihr saß Pirat und beobachtete erstaunt, wie sein Frauchen auf den Apparat starrte. Er schien sich zu fragen, was zum Teufel in sie gefahren war.

»So, und jetzt bist du an der Reihe«, sagte sie nach einer Weile zu dem Hund und legte ihm die Leine um. »Wir gehen Gassi, aber nur kurz.«

Pirat musste sich wohl oder übel mit einer kleinen Runde begnügen, gerade lang genug, um sich ein wenig die Pfoten zu vertreten und in aller Eile sein Geschäft zu erledigen. Als Iris wenige Minuten später mit ihm in die Wohnung zurückkehrte, schien er begriffen zu haben, dass sein Frauchen sich heute noch um lauter andere Dinge kümmern musste.

Zunächst gönnte Iris sich eine wohltuende heiße Dusche. Als sie sich abtrocknete, fiel ihr Blick auf den kleinen Badezimmer-Mülleimer in der Ecke. Plötzlich tat es ihr leid um das Haiku, dass sie vor kurzem voller Frust dort hineingeworfen hatte. Mit spitzen Fingern fischte sie es wieder heraus.

Während sie sich ausgehfertig machte, klingelte das Telefon. Es war Ángela.

»Darf man erfahren, wie du das hinbekommen hast?«

»Was meinst du?«

»Er hat mich angerufen! Um sich zu entschuldigen und mir zu sagen, dass ich den Verkauf deiner Wohnung abschließen soll. Ich kann einfach nicht glauben, dass du da nicht deine Finger im Spiel hattest!«

Iris spielte die Erstaunte:

»Ich? Nein, nein, damit habe ich absolut nichts zu

tun. Ich vermute, die ganze Sache hat ihm auf einmal leidgetan. Weißt du, Männer sind schwach. Irgendwann kommen sie immer wieder reumütig angedackelt.«

Ángela schien ihr nicht ganz zu glauben.

»Darf ich dich dafür wenigstens zum Abendessen einladen?«, fragte sie.

»Heute Abend habe ich schon was vor«, antwortete Iris, »aber es gäbe da noch einen Gefallen, um den ich dich gern bitten würde.«

»Schieß los. Die Antwort lautet sowieso schon ja.«

»Hast du noch die Schlüssel zu dem Lagerraum, den wir uns zusammen angesehen haben?«

»Zufällig habe ich die noch! Da mein lieber Chef mich am selben Tag entlassen hat, bin ich nicht mal auf den Gedanken gekommen, sie ihm zurückzugeben.«

»Ich weiß nicht, warum, aber ich hatte mir schon so was gedacht«, sagte Iris. »Würde es dir was ausmachen, wenn …?«

»Abgemacht!«, fiel ihr Ángela ins Wort. »Wann wollen wir hingehen?«

»Hast du heute Nacht, so gegen zwei Uhr, schon was vor?«

»Du bist wirklich der seltsamste Mensch, dem ich je begegnet bin«, antwortete Ángela mit einem Lächeln in der Stimme, »aber du kannst dich auf mich verlassen. Für eine Freundin wie dich lohnt es sich, die Nacht zum Tag zu machen.«

Während Iris sich in Eile fertig anzog, kreiste ihr ununterbrochen das Wort im Kopf herum, das Ángela soeben gesagt hatte: Freundin. Es war das erste Mal, dass jemand sie als Freundin betrachtete, und das machte sie irrsinnig glücklich.

Pirat, der auf dem Boden lag, gab ein paar lange Schnaufer von sich und sah Iris resigniert aus den Augenwinkeln an. Er ahnte bereits, dass er heute keinen gemütlichen Abend mit seinem Frauchen verbringen würde.

Kurz darauf stand Iris an der Wohnungstür, die Schlüssel in der Hand, und schaute sich noch einmal nach ihm um.

»Wünsch mir Glück«, sagte sie mit strahlendem Lächeln.

Sie hatte die Tür schon fast hinter sich zugezogen, da stieß sie sie noch einmal auf, ging zu dem Hund und bückte sich zu ihm:

»Ich werde auf jeden Fall länger wegbleiben«, sagte sie und strich Pirat über den Kopf. »Von mir aus darfst du aber auf den alten, hässlichen Teppich pinkeln, dann müssen wir den nicht mit in die neue Wohnung nehmen.«

Bevor sie die Wohnung verließ, warf Iris einen letzten Blick zurück, und da wusste sie, dass das Einzige, was sie aus ihrem alten Leben in die Umzugskartons packen würde, dieser geduldige Hund war.

Jetzt fehlte nur noch Olivier, dann war alles perfekt.

Die Suche nach der ewigen Perfektion

»Habe ich mir doch gedacht, dass ich dich hier antreffen würde«, sagte Iris, als Olivier sich an der Sprechanlage des Tierheims meldete. »Wenn du meine Entschuldigung annimmst, lade ich dich zum Abendessen ein.«

Zu ihrem Erstaunen willigte er ohne Zögern ein.

»Natürlich. Ich komm sofort runter.«

Olivier sah niedergeschlagen aus. Seine Augen hatten nicht ihren üblichen Glanz, und sein Lächeln wirkte erzwungen.

»Ich war wirklich blöd«, sagte Iris. »Ich war so damit beschäftigt, in der Ferne nach meinem Glück zu suchen, dass ich vergessen habe, dass es manchmal ganz nah liegt.«

»Es gibt ein Haiku von Fusei, das ich mir in Osaka aufgeschrieben habe, weil ich es so sehr mochte«, erwiderte Olivier. »*Kirschbäume in der Nacht/Je weiter ich mich entferne/umso öfter schaue ich sie mir an.* Weißt du übrigens, was Haikus sind?«

»Na klar!«, erwiderte Iris. »Ich habe sogar mal selbst eins geschrieben.«

Der Tierarzt grinste, seine Miene hatte sich aufgehellt.

»Du bringst mich immer wieder zum Staunen! Dann müssen wir doch glatt ein zweites Mal japanisch essen gehen. In einem ganz besonderen Lokal. Hättest du Lust?«

Olivier fuhr mit ihr in die Stadtmitte, wo sie den Wagen in einer Tiefgarage parkten. Dann liefen sie durch die engen Gassen der Stadt. Jene Gassen, in die sich keine Touristen verirrten und die selbst die Einheimischen nur selten betraten. Nach einer Biegung standen sie vor einer schlichten Holztür, über der eine kleine rote Papierlaterne leuchtete.

»Hier ist es. Das Lokal hat nicht mal einen Namen. Den Besitzern gefällt es, wenn die Stammgäste es *Himitsu* nennen, was »geheim« bedeutet. Es ist mehr als bloß ein Restaurant, eher eine Art Geheimbund. Hier kennt jeder jeden.«

Kaum waren sie hineingegangen, wusste Iris, dass dieses kleine Restaurant etwas ganz Besonderes war. Olivier machte ihr Zeichen, sie solle sich die Schuhe ausziehen und sie neben der Tür abstellen. Eine alte Japanerin, die ihre Gäste in dem kleinen Eingangsbereich erwartete, begrüßte sie mit einer angedeuteten Verbeugung. Sie folgten ihr in einen winzigen Raum, in dem nur drei Holztische standen. An einem davon saß ebenfalls ein Paar.

An der Wand hingen japanische Holzschnitte, die das aufgewühlte Meer und den schneebedeckten Gipfel des Fuji darstellten.

»Ich habe mich entschieden, die Wohnung zu mieten, die du mir gezeigt hast«, verkündete Iris. »Natürlich nur, falls das Angebot deines Freundes noch steht. Du hattest recht: Es ist der Ort meiner Träume.«

Sofort zückte Olivier sein Handy und rief den Wohnungsbesitzer an. Zwei Minuten später gehörte die Wohnung Iris.

»Ich helfe dir beim Umziehen«, sagte er begeistert. »So etwas kann ich sehr gut!«

Innerhalb von zwei Stunden, dachte Iris, bot ihr schon zum zweiten Mal jemand Hilfe bei einer so lästigen Sache an.

Wer zwei Freunde hat, die bereit sind, sogar bei einem Umzug zu helfen, kann von sich nicht mehr behaupten, allein zu sein.

»Das meiste will ich gar nicht mitnehmen, deshalb wird auch nicht viel zu packen sein. Ich habe vor, den Rat einer Uhr zu befolgen«, sagte Iris.

Olivier schaute sie fragend an.

Iris zog die alte Taschenuhr hervor, die immer noch auf zwölf stand, und legte sie auf den Tisch.

»Es ist eine magische Uhr. Sie geht, und gleichzeitig geht sie nicht. Und im Gehäuse steht folgende Inschrift: *Lass die Vergangenheit hinter dir, und die Gegenwart beginnt.* Ein sehr mysteriöses Stück Schrott, findest du nicht?«

Olivier hielt sich die Uhr ans Ohr.

»Man hört sie ticken«, sagte er.

»Ein Ticken aus einer anderen Welt«, sagte Iris.

»Oder von irgendeinem fernen Ort. Wie dieses Restaurant, in dem wir gerade sitzen.«

Die alte Frau, die sie am Eingang empfangen hatte,

stellte zwei Misosuppen auf den Tisch und eine bis zum Rand mit grünen Schoten gefüllte Schale.

»Das sind sogenannte *Edamame*«, erklärte Olivier, »der Lieblingssnack der Japaner. Sie sehen aus wie grüne Bohnen, aber es sind Sojabohnen. Die Schale isst man nicht mit.«

Olivier imitierend, nahm sich Iris eine Schote aus der Schale und biss darauf herum, bis eine glänzende grüne Bohne herausrutschte, die warm und leicht salzig schmeckte.

»In Japan ist es total üblich, sich mit einer Schale voller Edamame vor den Fernseher zu setzen«, erklärte Olivier, während er nach der nächsten Schote griff. »Die Dinger sind natürlich viel gesünder als Popcorn. Aber erzähl mal, hast du nicht gesagt, du hättest drei gute Neuigkeiten? Bis jetzt hast du mir nur von der Wohnung erzählt. Worum geht es denn bei den beiden anderen?«

»Die zweite Neuigkeit ist die, dass auf meiner Liste der offenen Wünsche nur noch zwei übrig sind. Das *Ebisu*-Bier hat mir tatsächlich Glück gebracht, genau wie du gesagt hast.«

Olivier winkte die Kellnerin herbei.

»Wir brauchen dringend zwei *Ebisu*«, sagte er sichtlich guter Dinge.

Dann wandte er sich wieder zu Iris.

»Auf die beiden Punkte deiner Liste, die noch nicht in Erfüllung gegangen sind, müssen wir anstoßen. Auf dass deine Wünsche wahr werden! Welche sind es denn?«

Iris fiel auf, dass alle Niedergeschlagenheit aus Oliviers Gesicht und Stimme gewichen war. Er wirkte jetzt jünger, als er war, fast wie der junge Mann, den sie damals in den Bergen kennengelernt hatte.

Wenig später standen zwei Flaschen Bier und zwei dunkle Keramikbecher vor ihnen auf dem Tisch.

»Der eine Wunsch ist, dass ich mir die Haare rot färben will«, lachte Iris.

Olivier hob seinen Becher.

»Also stoße ich darauf an, dass die Tage deiner braunen Haare gezählt sind«, sagte er theatralisch. Die Keramikbecher stießen mit einem gedämpften Klicken gegeneinander, und beide tranken einen Schluck.

»Und der andere Wunsch?«, fuhr Olivier fort.

Iris senkte den Blick.

»Ich liebe Geheimnisse!«, sagte er aufgeregt. »Wann verrätst du es mir?«

»Den letzten hebe ich mir noch auf. Aber vielleicht findest du ja selbst heraus, worum es geht«, erwiderte Iris und lächelte ihn an.

Während des Abendessens, bei dem sie Reisbällchen mit Lachsfüllung und rohen, in hauchdünne Scheiben geschnittenen Thunfisch genossen, unterhielten sie sich über alles Mögliche. Als die letzte Schale abgeräumt war, klang Iris schon wie eine Kennerin der japanischen Küche.

»Jetzt fehlt nur noch der Tee«, sagte sie und zwinkerte Olivier zu. »Das Ende, das unweigerlich kommt, genau wie der Tod.«

»Richtig.«

Die Kellnerin stellte zwei rustikale Keramiktassen

in unterschiedlichen Farben und eine Teekanne auf den Tisch.

Olivier griff nach der Kanne und goss langsam Tee in Iris' Tasse.

»Wusstest du«, fragte er, »dass die Japaner der Ansicht sind, es könne ein ganzes Leben dauern, bis man gelernt hat, die Teezeremonie korrekt durchzuführen?«

Erstaunt zog Iris die Augenbrauen hoch.

»Eine nach allen Regeln der Kunst ablaufende Zeremonie kann sich bis zu vier Stunden hinziehen. Dazu gehört nicht nur der Tee, sondern auch ein leichtes Essen, Blumenschmuck und ein komplexes Ritual aus Körperhaltungen und Antworten. Irgendwo habe ich mal gelesen, dass der Erfinder der Teezeremonie im sechzehnten Jahrhundert lebte. Er muss viel Zeit gehabt haben! Ich glaube, er hieß Rikyu, und von ihm stammt wohl auch der Satz, der das Wesen dieser Zeremonie auf den Punkt bringt: »Eine Begegnung, eine Gelegenheit«. Dem Meister zufolge erlebt man jedes Mal, wenn man mit jemandem Tee trinkt, etwas Einzigartiges, Besonderes, etwas, das sich nie auf die gleiche Weise wiederholt. Das macht die Schönheit der Begegnung aus.«

»Also kann nur das Einzigartige schön sein? Das finde ich nicht gerecht.«

»Einzigartig ist alles! Wenn du genau hinschaust, ist in der Natur nichts perfekt. Alles Natürliche ist asymmetrisch und hat ein Verfallsdatum. Nichts ist vollkommen, alles schmort fortwährend im großen Topf der Wirklichkeit, in der nichts vollendet ist. Das macht den Japanern zufolge die Schönheit des Lebens aus: die Kunst des Unvollkommenen. Sie nennen es *wabi-sabi*. Das Unvollkommene, Vergängliche und Unvollständige. Alles, was sich lohnt, ist *wabi-sabi*.«

»Wie ich sehe, hast du in Osaka nicht nur Tiermedizin studiert«, stellte Iris bewundernd fest. »Gib mir mal ein konkretes Beispiel für dieses *wabi-sabi*. Ist diese Teekanne hier zum Beispiel *wabi-sabi*?«

»Eher die Teeschalen«, antwortete Olivier und zeigte auf die Tassen. »Sie sind aus Naturlehm. Ihre Oberfläche ist rauh, und sie nutzen sich durch den Gebrauch allmählich ab, aber das macht sie noch schöner. Sie sind *wabi-sabi*.«

»Wie dieses Abendessen«, flüsterte Iris.

Olivier sah ihr geradewegs in die Augen, und es war, als stünde die Zeit still. Als geschähe mit der Welt plötzlich das Gleiche wie mit der alten Uhr, die immer noch auf dem Tisch lag. Iris' Herz raste. Sie spürte, wie Olivier mit diesem Blick ihre Seele kennenlernte und ihr seine eigene schenkte. Eine wundervolle Erfahrung.

»Erinnerst du dich, was ich neulich gesagt habe, als ich dich mit einer Schale Reis verglichen habe?«, fragte er. »Ich habe dir erklärt, dass der Reis wegen seiner natürlichen, zarten Schlichtheit wertvoll ist, fähig, jeden Geschmack des Lebens aufzunehmen. Der Reis ist wie du. Du bist *wabi-sabi*, Prinzessin. *Wabi-sabi* im Reinzustand.«

Lange schauten sie sich an, schweigend und wie elektrisiert. Es war die Begegnung ihrer Blicke, die zum Kuss führte. Als ihre Lippen sich trafen, versank die Welt um sie herum.

Nachdem sie sich wieder voneinander gelöst hatten, sagte Iris, noch immer mit jagendem Puls:

»Ich habe etwas für dich. Es ist nichts Besonderes, aber es drückt genau das aus, was ich empfinde.«

Sie zog einen kleinen Zettel aus der Tasche.

Olivier faltete ihn auseinander und las das Haiku, das Iris geschrieben hatte:

Rechts die Feder.
Links das Herz.
Und du überall.

»Der Zettel ist ja ganz zerknittert«, sagte er und hielt ihn dabei so behutsam in der Hand wie einen Schatz.

»Er hat einen langen Weg zurückgelegt, bis er zu seinem wahren Besitzer gefunden hat.«

Noch bevor Olivier etwas antworten konnte, küsste Iris ihn wieder. Dann sagte sie:

»Jetzt bleibt nur noch ein Wunsch offen.«

Das Leben ist eine Einbahnstraße

Bevor sie dieses Kapitel ihres Lebens voller Entdeckungen und aufregender Erlebnisse für immer schloss, musste Iris noch einmal an einen ganz besonderen Ort zurückkehren.

Später am Abend traf sie sich mit Ángela an der Straßenecke, an der sich *Am schönsten auf der Welt ist es gleich hier* befunden hatte. Sie hatte ihrer Freundin eine Menge zu erzählen, aber das verschob sie erst einmal. Im Moment interessierte sie etwas anderes.

»Du hast doch mal gesagt, du warst früher Friseurin, oder?«, fragte sie Ángela.

»Ja, genau.«

»Könntest du mir die Haare rot färben? Glaubst du, das stünde mir?«

Ángela war begeistert. »Total gut! Eine super Idee. Morgen kaufe ich sofort die Farbe«, sagte sie, während sie mit dem großen verrosteten Schlüssel die Tür zum Lagerraum aufschloss.

Als sie mit Iris zusammen hineingehen wollte, hielt diese sie zurück.

»Würde es dir etwas ausmachen, wenn ich allein

reingehe?«, sagte Iris. »Es ist wichtig, dass ich noch einmal …«

»Du brauchst mir nichts zu erklären«, unterbrach sie Ángela. »Zwischen uns ist das nicht nötig. Ich warte hier draußen auf dich. Pfeif einfach, falls du mich brauchst!«

Nur das Licht der Straßenlaternen, das durch die Fensterscheiben sickerte, wies Iris den Weg. Sie staunte wieder, dass nicht mehr die geringste Spur jenes Cafés zu erkennen war, in dem sie all die guten Momente mit Luca verbracht hatte.

Die Schmutzschicht auf dem Boden knirschte unter ihren Schritten, deren Echo von den Wänden zurückgeworfen wurde. Der Lagerraum war genauso kahl und leer wie beim letzten Besuch, diesmal aber stand dort nicht einmal ein Tisch, und es wartete auch keine Tasse heiße Schokolade auf Iris. Das Regal mit den »offenen Rechnungen« war ebenfalls verschwunden.

Mitten in dieser öden Landschaft hielt Iris inne und wartete einen Moment. Nichts geschah. Sie zählte bis zehn, bis zwanzig, bis fünfzig, bis hundert … Auf keinen Fall wollte sie mit leeren Händen wieder gehen. Schließlich aber wurde ihr das Zählen zu dumm, und sie kam sich lächerlich vor. Ihre Augen hatten sich inzwischen an die Dunkelheit gewöhnt. Die Stille im Raum war genauso kompakt wie beim letzten Mal, lediglich durchbrochen vom zarten Ticken ihrer magischen Uhr.

Plötzlich überkam Iris ein Gefühl maßloser Enttäuschung. Sie war umsonst hergekommen. Nichts würde geschehen. Wie blöd war sie nur gewesen, das Gegenteil zu glauben!

Bevor sie kehrtmachte, ließ sie den Blick ein letztes Mal durch den Raum wandern, dann drehte sie sich um und ging zur Tür. Sicher würde Ángela sie mit Fragen löchern, und sie würde keine einzige beantworten können.

Gerade wollte sie die Hand auf die Türklinke legen, da ließ eine durchdringende Stimme sie zusammenfahren:

»Haben Sie inzwischen herausgefunden, was stets in der Gegenwart geschieht?«

Iris hätte diese Stimme unter tausend anderen erkannt. Es war die Stimme des Zauberers. Und plötzlich schimmerte in der Dunkelheit auch sein weißes Haar.

»Außer der Magie?«, fragte Iris, erfreut, ihn wiederzusehen.

»Ja, etwas viel Wichtigeres.«

»Wichtiger als Magie ist nur das Glück.«

»Bingo!«, rief der Zauberer, während in weiter Ferne eine Art Beckenschlag ertönte. »Meine Damen und Herren, bitte verabschieden Sie unsere mutige Mitspielerin mit einem kräftigen Applaus!«

Iris glaubte, tatsächlich fernes Beifallklatschen zu hören, während der Zauberer sich noch einmal theatralisch verneigte und sie mit glücklichem Lächeln ansah.

Da fiel Iris wieder ein, was er vor einiger Zeit zu ihr gesagt hatte: »Wichtig ist der Beifall.«

»Ich bin nur zurückgekommen, um zu schauen, ob ich Sie hier antreffe«, sagte sie. »Mir war, als hätte ich

Sie im Krankenhaus gesehen. Das waren doch Sie, oder?«

»Wir müssen alle einmal an Orte gehen, die uns traurig stimmen«, entgegnete er feierlich. »Aber auch die Traurigkeit lehrt uns vieles. Was dieses Café betrifft … Sie sind gerade rechtzeitig gekommen. Ich war kurz davor zu gehen.«

»Wohin denn?«

»Irgendwohin. Ein Zauberkünstler wird überall gut aufgenommen. Unsere Kunst kennt keine Grenzen, meinen Sie nicht auch?«

»Ich wollte mich bei Ihnen bedanken. Ich glaube, ich habe Luca wiedergefunden. Sie wussten, dass er gestorben war, oder?«

»Aber sicher, meine Liebe. Das Leben ist nur eine Einbahnstraße.«

»Und Sie wussten auch, dass meine Eltern gestorben waren, ohne sich von mir zu verabschieden. Und dass sie deshalb nicht wirklich gehen konnten. Und ich nicht glücklich werden konnte.«

Der Zauberer lächelte, als fände er, dies sei die beste Antwort.

»Jetzt habe ich keine Angst mehr vor dem Tod«, sagte Iris. »Ich finde ihn nicht mehr so traurig wie früher.«

»Das ist fabelhaft. Traurig ist der Tod nur für den, der nicht gewagt hat zu leben.«

»Und das Allerbeste ist, dass ich auch vor der Zukunft keine Angst mehr habe«, fügte Iris hinzu.

»*Lass die Vergangenheit hinter dir, und die Gegenwart beginnt*, stimmt's? So steht es in Ihrer Uhr.«

»Obwohl … da ist etwas, was ich noch nicht ganz verstehe und woran ich dauernd denken muss.«

Der Zauberer forderte sie mit einer Geste auf weiterzusprechen.

»Warum ist das Café nicht mehr da, wo es war? Ich verstehe nicht, wie es so plötzlich verschwinden konnte.«

»Sie verstehen es nicht, weil Sie die falsche Frage stellen«, sagte der Zauberer seelenruhig. »Die Frage ist nicht, warum es verschwunden ist, sondern warum es überhaupt hier war, als Sie es zum ersten Mal betreten haben.«

Iris zuckte verständnislos mit den Schultern. Sie fand seine Worte sehr verwirrend.

»Erinnern Sie sich an den Nachmittag, an dem Sie *Am schönsten auf der Welt ist es gleich hier* entdeckt haben?«

»Ja, natürlich. Es war einer der traurigsten Nachmittage in meinem Leben. Mir gingen lauter seltsame Dinge durch den Kopf. Würde es Sie erschrecken, wenn ich Ihnen sagte, dass ich an dem Nachmittag sogar versucht habe, mir das Leben zu nehmen?«

»Natürlich nicht. Meine Gäste haben immer solche Sachen im Kopf. Deshalb sind sie ja meine Gäste.«

Iris dachte einige Sekunden bestürzt über die Worte des Zauberers nach.

»Das heißt, *Am schönsten auf der Welt ist es gleich hier* …«

»… ist ein Durchgangsort«, sagte der Zauberer. »Oder, anders ausgedrückt, eine Art Wartesaal. Ein Ort, an dem diejenigen warten, die zur anderen Seite wechseln werden. Die alten Griechen glaubten, alle Menschen müssten nach dem Tod einen Fluss überqueren, in einem Boot, das von einem erfahrenen, aber launenhaften Fährmann gesteuert wird. Nehmen wir sie beim Wort, dann war das Café das Boot, und ich der Fährmann.«

»Also waren alle Gäste des Cafés …«

»Alle Gäste des Cafés waren auf der Durchreise. Ja, ja, Sie brauchen mich gar nicht so anzuschauen, sie waren alle tot.«

»Und warum habe ich nicht auch meine Eltern unter diesen Reisenden gesehen?«

»Nicht jeder muss warten. Manche Menschen setzen problemlos zum anderen Ufer über. Außerdem haben Ihre Eltern Luca geschickt, um ihre offenen Rechnungen zu begleichen. Sie konnten beruhigt gehen. Und Luca kann es nun auch. Was er Ihnen zu verdanken hat.«

»Aber ich war am Leben, ich war nicht tot wie die anderen Besucher. Und ich saß trotzdem in dem Café.«

»Ja, aber das Leben hat Sie nicht mehr interessiert. Sie haben selbst gesagt, dass Sie mit dem Leben Schluss machen wollten.«

»Meinen Sie damit, wenn ich nicht versucht hätte, mich umzubringen, wenn ich Pläne geschmiedet und Lust gehabt hätte zu leben, hätte das Café für mich gar nicht existiert?«

»Nicht ganz. Ich meine eher, deshalb ist es verschwunden.«

Plötzlich erklang in der Ferne eine Melodie. Iris

horchte auf. Text und Musik kamen ihr bekannt vor, als hätte sie sie irgendwann schon einmal gehört. Vielleicht lag es aber auch daran, dass sie das Gefühl hatte, der Text sei auf sie gemünzt:

> *Heaven after heaven*
> *Our wings are growing*
> *This is such a perfect world*
> *When you're in love.**

»Der Augenblick ist gekommen. Ich muss gehen«, sagte der Zauberer und begab sich langsam in den hinteren Teil des Lagerraums.

»Aber ich konnte Sie ja noch gar nicht fragen, was das Geheimnis der Uhr ist!«

»Da gibt es kein Geheimnis, Iris.« Die Stimme des Zauberers klang schon wie aus weiter Ferne. »Lassen Sie die Gegenwart beginnen.«

Sie versuchte noch, im Dunkeln einen letzten Blick auf seine Silhouette zu erhaschen, aber es gelang ihr nicht mehr. Der Zauberer war verschwunden. Und diesmal für immer, da war sie sich sicher.

Wie um sich an das Allerletzte zu klammern, das ihr von diesem Ort und seinen Menschen geblieben war, zog Iris die Uhr aus der Tasche und betrachtete sie.

Und da sah sie es.

Der Sekundenzeiger bewegte sich wieder, er hatte angefangen, über das Zifferblatt zu wandern.

---

* Himmel für Himmel/Wachsen unsere Flügel/Diese Welt ist so vollkommen/Wenn du verliebt bist.

Sie hielt sich die Uhr ans Ohr und hörte staunend das laute Ticken des Lebens.

Die Gegenwart hatte begonnen.

Epilog

Als die Morgensonne den Raum erleuchtete, öffnete Iris die Augen. Es war das erste Mal, dass sie in ihrer neuen Wohnung erwachte, und alles war noch vollkommen ungewohnt. Genau wie der Ausblick auf das glitzernde Meer im Licht des anbrechenden Tages.

Sie hatte von Luca geträumt. Im Traum war er ganz in Weiß gekleidet gewesen und durch einen strahlend hellen Raum gegangen. Er war auf sie zugekommen, hatte sie zart auf den Mund geküsst und gesagt:

»Dir habe ich es zu verdanken, dass ich nie mehr allein sein werde. Und du wirst es auch nie mehr sein, denn von jetzt an bin ich dein Schutzengel.«

Beim Aufwachen hatte sie noch den bittersüßen Geschmack seines Kusses auf den Lippen gespürt. Sie war verwirrt, der Traum von Luca kam ihr fast vor wie ein kleiner Seitensprung. Als sie die Augen aufschlug, dachte sie sofort an Olivier. Was würde er sagen, wenn er von ihren Phantasien erführe? Wie fände er es wohl, dass Luca wieder in ihren Gedanken aufgetaucht war, um ihr zu sagen, er werde über ihr Glück wachen? Und wenn ihre jüngsten Entscheidungen falsch gewesen waren? Was, wenn diese Wohnung eigentlich gar nicht der richtige Ort für sie war?

Als die innere Unruhe sich etwas gelegt hatte, zog ihr ein köstlicher, unverwechselbarer Duft in die Nase. Sie blieb liegen, betrachtete die Muster, die das Sonnenlicht an die Decke warf, und überlegte. Natürlich! Das war der Duft von heißer Schokolade.

Sie fuhr im Bett hoch und schaute zu ihrem Nachttisch hinüber. Da stand sie! Eine Tasse Kakao, der vor sich hin dampfte, als wäre er gerade frisch zubereitet worden. Und auf dem Porzellan stand etwas geschrieben.

Mit klopfendem Herzen las Iris:

AM SCHÖNSTEN AUF DER WELT
IST ES GLEICH HIER

Danksagung

An Rocío Carmona, die engagierte Verlegerin dieses Buchs, weil sie dem magischen Café zum Leben verholfen hat.

An Dr. Eduard Estivill, weil er uns Zugang zur Papageiengeschichte gewährt hat, und für die vielen Jahre des Optimismus und der Freundschaft.

An Jaume Rosselló, den spirituellen Vater und Verleger von *El viaje de Índigo*.

An die Band Hotel Gurú, weil sie zu vielen Teilen dieser Geschichte den Soundtrack geliefert hat.

An die Leserinnen und Leser, die Märchen lieben, dafür, dass sie sich mit uns an die Tische des Traumcafés gesetzt haben.

Quellenverzeichnis

Seite 9:
Brief an die Hebräer: *Einheitsübersetzung der Hl. Schrift. Die Bibel Gesamtausgabe*, Katholisches Bibelwerk, Stuttgart 2003.

Seite 29:
Die Paraphrase stammt aus: Antoine de Saint-Exupéry: *Der kleine Prinz*, Karl Rauch Verlag, Düsseldorf 2013.

Seite 87:
Die Paraphrase stammt aus: Albert Liebermann: *El Arbol de los Haikus*. Oceano Ambar, Mexiko-Stadt 2006.

Sprichwörter und Aphorismen:

Seite 9:
»Weine nicht, weil etwas zu Ende ist, lächle, weil es existiert hat.« Sprichwort, Urheber unbekannt.

Seite 88:
Haiku von Takai Kitō.

Seite 88:
Haiku von Kobayashi Issa.

Seite 89:
Aphorismus von Matsuo Bashō.

Seite 106:
»Lebe jeden Tag, als wäre es dein letzter.« Sprichwort, Urheber unbekannt.

Seite 171:
Haiku von Tomiyasu Fusei.

Musik:

Seite 19:
The Beatles, *The End*: Copyright © 1969 The Beatles, Sony/ ATV Music Publishing Company.

Seite 20:
Leonard Cohen, *I'm your Man*: Copyright © 1988 Leonard Cohen, Sony/ATV Music Publishing Company.

Seite 49:
Feist, *Secret Heart*: Copyright © 2004 Leslie Feist.

Seite 69:
The Rolling Stones, *As Tears go by*: Text 1964 Jagger/Richards/ Oldham.

Seite 75 f.:
Nikosia, *The Art of Haiku*: Copyright © 2010 Francesc Miralles.

Seite 110, 123, 139, 141 und 185:
Hotel Gurú: Copyright © Francesc Miralles.

Francesc Miralles

Das unvollkommene Leben oder wie das Glück zu Samuel fand

Roman.
Taschenbuch.
Auch als E-Book erhältlich.
www.list-taschenbuch.de

»Ein leises Buch, das hilft, sich auf das Wesentliche zu konzentrieren.« Books and Cats

Genau das hat Samuel gebraucht. Eine Spur in ein neues Leben. Als ihn aus Japan eine Postkarte erreicht, mit einer Glückskatze vorne drauf, kann er nicht anders, er packt seine Koffer. Das Leben des jungen Literaturprofessors ist in eine Sackgasse geraten, der Aufbruch kommt zur rechten Zeit. Am meisten interessiert ihn aber: Wer hat ihm diese Postkarte geschickt? Ein zauberhaftes Rätsel, das nur mit der Poesie eines Neuanfangs zu lösen ist.

List